有为有不为

季羡林 著

长江文艺出版传媒

图书在版编目（CIP）数据

有为有不为 / 季羡林著. -- 武汉：长江文艺出版社，2024.6
（初中语文同步阅读）
ISBN 978-7-5702-3614-5

Ⅰ.①有… Ⅱ.①季… Ⅲ.①散文集－中国－当代 Ⅳ.①I267

中国国家版本馆 CIP 数据核字(2024)第 105477 号

有为有不为
YOUWEI YOUBUWEI

责任编辑：程华清		责任校对：毛季慧	
封面设计：陈希璇		责任印制：邱 莉 杨 帆	

出版：长江出版传媒 长江文艺出版社
地址：武汉市雄楚大街 268 号　　邮编：430070
发行：长江文艺出版社
http://www.cjlap.com
印刷：中印南方印刷有限公司

开本：640 毫米×970 毫米　1/16　　印张：11.5
版次：2024 年 6 月第 1 版　　2024 年 6 月第 1 次印刷
字数：140 千字

定价：28.00 元

版权所有，盗版必究（举报电话：027—87679308　87679310）
（图书出现印装问题，本社负责调换）

播种智慧,领航人生

李伟杰　张晓春

季羡林先生的文集《有为有不为》和我们见面了。在青少年这个充满可能性的年纪,手捧这本书,便开启了一段攀登高峰的非凡旅程。这本书将为我们播种智慧,领航人生。

阅读的过程就是登山的过程。一路上满眼是秀丽宜人的风景,走走停停间总有意外收获,再回首时亦能会心一笑。季老的文章,是他一生智慧的结晶,是他对人生、读书、写作、文化、教育、社会等多个领域的深刻思考和独到见解。

"人的一生是一个学习过程",读季老的文章,就是在与一位有着丰富人生阅历和极高人生成就的智者对话,让我们对事物的认知更加清晰,会得到迅速的成长。季老"讨厌说些空话、废话、假话、大话",提倡"做人要真情、真实、真切",将"三真"作为自己做人做事的原则。季老的文章,就是在对生活的深刻洞察的基础上,以一片赤诚的朴实真情,奉献给读者一篇篇感人至深的经典作品。

第一辑"惜寸阴"是时间的礼赞与生命的诗篇。在这一辑中,季老以深沉而又不失温情的笔触,引领我们珍惜时光,理解生命。《一寸光阴不可轻》如同耳畔回响的晨钟暮鼓,提醒我们每一刻的宝贵。《时间》则以哲人的视角,以深邃透辟的洞见力探讨时间的本质，在感叹"逝者如斯夫"的同时，让我们懂得如何与时间共舞。《希望在你们身上》饱含对年轻一代的殷切期待，激发内心深处的潜力与梦想。《黎明前的北京》和《莫让时间再怕东方人》则以独特的时空背景，鼓励我们勇往直前，改写历史。《人的一生是一个学习过程》告诉我们，学习是贯穿一生的旅行，无止境，无终点。

《莫让时间再怕东方人》中引用一句谚语："所有的人都怕时间，时间独怕东方人"。字面意思是：所有人都敬畏时间的流逝，而时间却唯独敬畏东方人。季老通过这句谚语，表达了对时间的敬畏，对东方人悠闲生活态度的反思，并呼吁要珍惜时间，不要无所作为。这篇文章体现了季老对时间的深刻认识，对东方文化和民族精神的思考。

第二辑"攀书山"是引领我们用阅读滋养灵魂："天下第一好事，还是读书。"这一辑中，季老引领我们进入书籍的殿堂。《开卷有益》和《就像人每天必须吃饭一样》强调阅读如同呼吸般自然，不可或缺。《坐拥书城意未足》和《藏书与读书》展示了读书人的痴迷与追求。《多读一点中外文学作品》和《推荐十种书》则为我们的书单添砖加瓦，引导我们跨越国界，拓宽视野。

第三辑"渡学海"是学术之旅的启航。《抓住一个问题终生不放》强调做学术应该执着与专注。《我在小学和中学的写作经历》和《假若我再上一次大学》则以季老的亲身经历，分享了学习与成长的酸甜苦辣。

季羡林先生是中国著名的东方学家、语言学家，他精通多种外语，包括英语、德语、梵文、巴利文等，并且能够阅读俄语、法语等。他的外语学习经验和对外语的掌握，对读者来说具有重要的启发和借鉴意义。在《我和外国语言》中，季老分享了一种学习方法:"尽快让学生自己阅读原文,语法由学生自己去钻,不在课堂上讲解,这种办法对学生要求很高。短短的两节课往往要准备上一天,其效果我认为是好的:学生的积极性完全调动起来了。他要同原文硬碰硬,不能依赖老师,他要自己解决语法问题。只有实在解不通时,教授才加以辅导。"这为我们提供了宝贵的学习策略和方法,强调了勤奋、兴趣、实践和持续学习的重要性。季老的经验和智慧,对任何希望在语言学习上取得进步的人来说,都是一笔宝贵的财富。这不仅是一篇关于语言学习的技术性指导,更是一种生活态度和哲学思考的体现。

关于《糖史》一书的创作过程,季老说:"有时候偶尔碰到一条有用的资料,便欣喜如获至宝。但有时候也枯坐半个上午,把白内障尚不严重的双眼累得个'一佛出世,二佛升天',却找不到一条有用的材料,嗒然拖着疲惫的双腿,走回家来。经过了两年的苦练,我炼就一双火眼金睛,能目下不是十行、二十行,而是目下一页,而遗漏率却小到几乎没有的程度。"季老治学的严谨,让阅读至此的我们不禁热泪盈眶。

第四辑"有所为"向我们讲述道德与责任的担当。在这一辑中,季老将道德的光辉照耀于心,让我们了解德行修养与学术修为的天然联系。《有为有不为》《公德》《谈孝》《谈礼貌》等篇章,强调了个人行为的准则以及对社会的责任感。《文字之国》生动地阐述了文字在社会生活中的复杂角色,以及文字背后所蕴含的社会、文化和道德含义,强调了行动与文字的一致性对于社会进步的重要性。《略说中国传统文化及其特点》则让我们在了解传统文化的同时,思考如何让传统文化在现代文明中承继与发扬。

很喜欢季老文章清晰的论述结构,比如《有为有不为》:开篇提出"有为有不为"的概念,解释"有为"和"有不为"的含义,并指出关键在于"应该"二字,同时说明从哲学和伦理学上说清这个问题很复杂。接着论述善恶、应该与否有大小之别,通过公共汽车让座小善例子和文天祥的大善例子来具体阐释。进一步明确大小善和大小恶的概念,指出其与国家、人民、人类发展等方面的关系,以及与处理人际关系和社会安定团结的联系。然后说明大小善和大小恶有时有联系,以贪污行为为例进行说明。最后表达希望每个人都能做到"有为有不为"。

整体而言,季老的文章结构紧凑,逻辑清晰,通过具体事例与普遍原理相结合的方式,既阐述了深刻的道德哲学思考,又表现了文章的感染力,使读者能够在轻松阅读的同时,产生深刻的共鸣。

第五辑"有所思"是深邃的思考与时代的对话。《我们要奉行"送去主义"》展现了季老对文化交流的开放心态,"送去主义"与鲁迅先生的"拿来主义"相映成趣,是我们对于文化传统的正确态度:既要虚怀若谷,敢于借鉴吸纳,又要充分自信,大胆推广传播。《中国青年与现代文明》寄托了对青年的厚望——"在西方文化的基础上,用综合的思维方式来纠正分析的思维方式的某一些偏颇之处,解决西方文化迄今无法解决的一些自然和社会问题,把人类文化推到一个更高的阶段"。《漫谈消费》《一个值得担忧的现象——再论包装》《漫谈出国》《对广告的逆反心理》这几篇文章谈到了消费、包装、出国、广告等内容,每篇文章都从不同角度触及了现代社会的重要议题,既有对个体价值观的引导,也有对环境保护、国际视野培养等的讨论,共同构成了对现代生活多维度的思考与建议。

第六辑"有所得"是人生的智慧与哲思。《人生的意义与价值》《做人与处世》等文章,如同长者的叮咛,教诲我们如何实现人生的意义与价值,如何愉快地生活在世界上。《论朋友》引经据典,从古今和中西的对比中阐释了友情对于人类这种社会动物的重要意义。《我害怕"天才"》和《三辞桂冠》则体现了季老谦逊的品格与淡泊名利的生活态度。《牵就与适应》《缘分与命运》告诉我们要适应而不牵就，要尽人事也听天命，以平衡的心情来面对人生的变化和无常，不断取得进步。《八十述怀》通过个人经历和反思，向我们展示了如何在不同的生活阶段和境遇中保持对生活的热爱和希望。

总之，这六辑系统地阐述了季老关于时间管理、求知态度、学术追求、道德伦理、社会思考以及人生哲学的见解。六辑之间形成了从基础的时间管理、知识积累，到学术追求、道德建设、社会分析，再到个人哲学和生命感悟的递进逻辑，每一部分都是构建成功人生不可或缺的组成部分。季老通过这些文章，不仅传授了成功的方法，更传递了一种生活态度和价值观念，指导读者在追求成功的道路上，如何平衡个人发展与社会责任，如何在纷繁的世界中保持自我，实现内在与外在的双重成功。

在人生的旅途中，我们常常会感到迷茫和困惑，不知道该如何前行。季老的文章，就像一盏明灯，为我们指引了前进的方向。他说："如果人生真有意义与价值的话，其意义与价值就在于对人类发展的承上启下、承前启后的责任感。"这让我们深刻地认识到，人生的意义不在于个人的得失和荣辱，而在于对社会和人类的贡献。

这本书不仅是知识的宝库，更是心灵的灯塔，期待它能伴随大家走过成长的每一个重要时刻，成为拥有广阔视野、深厚底蕴的时代新人。

（李伟杰，湖北省中语会副理事长，中学语文特级教师，二级岗正高级教师。张晓春，枝江一中语文教研组长，中学语文高级教师。）

目 录

第一辑 惜寸阴

一寸光阴不可轻　　　　　　　　　　/ 3
时间　　　　　　　　　　　　　　　/ 6
希望在你们身上　　　　　　　　　　/ 10
黎明前的北京　　　　　　　　　　　/ 12
莫让时间再怕东方人　　　　　　　　/ 14
人的一生是一个学习过程　　　　　　/ 16

第二辑 攀书山

天下第一好事，还是读书　　　　　　/ 21
开卷有益　　　　　　　　　　　　　/ 24
就像人每天必须吃饭一样　　　　　　/ 26
坐拥书城意未足　　　　　　　　　　/ 29
藏书与读书　　　　　　　　　　　　/ 31

多读一点中外文学作品　　　／33
十年回顾　　　／36
推荐十种书　　　／43

第三辑　渡学海

抓住一个问题终生不放　　　／49
搜集资料必须有竭泽而渔的气魄　　　／51
《糖史》　　　／53
我和外国语言　　　／57
研究学问的三个境界　　　／74
我在小学和中学的写作经历　　　／77
假若我再上一次大学　　　／87

第四辑　有所为

有为有不为　　　／95
公德　　　／97
谈孝　　　／102
谈礼貌　　　／104
文字之国　　　／106
略说中国传统文化及其特点　　　／108
在德国——自己的花是让别人看的　　　／113

第五辑　有所思

我们要奉行"送去主义"	/ 117
中国青年与现代文明	/ 120
外国文学研究中的几个问题	/ 125
漫谈消费	/ 135
一个值得担忧的现象——再论包装	/ 139
漫谈出国	/ 141
对广告的逆反心理	/ 143

第六辑　有所得

人生的意义与价值	/ 149
做人与处世	/ 151
论朋友	/ 153
我害怕"天才"	/ 156
三辞桂冠	/ 158
牵就与适应	/ 161
缘分与命运	/ 163
八十述怀	/ 165

第一辑

惜 寸 阴

一寸光阴不可轻①

中华乃文章大国，北大为人文渊薮，两者实有密不可分的联系，倘机缘巧遇，则北大必能成为产生文学家的摇篮。五四运动时期是一个具体的例证，最近几十年来又是一个鲜明的例证。在这两个时期的中国文坛上，北大人灿若列星。这一个事实我想人们都会承认的。

最近若干年来，我实在忙得厉害，像50年代那样在教书和搞行政工作之余，还能有余裕的时间读点当时的文学作品的"黄金时代"一去不复返了。不过，幸而我还不能算是一个懒汉，在"内忧""外患"的罅隙里，我总要挤出点时间来，读一点北大青年学生的作品。《校刊》上发表的文学作品，我几乎都看。前不久我读到《北大往事》，这是北大70、80、90三个年代的青年回忆和写北大的文章。其中有些篇思想新鲜活泼，文笔清新俊逸，真使我耳目为之一新。中国古人说："雏凤清于老凤声。"我——如果大家允许我也在其中滥竽一席的话——和我们这些"老凤"，真不能不向你们这一批"雏凤"投过去羡慕和敬佩的眼光了。

但是，中国古人又说："满招损，谦受益。"我希望你们能够认真体会这两句话的含义。"倚老卖老"，固不足取，"倚少卖少"

---

① 标题为编者所加，原为《〈燕园幽梦〉序》。

也同样是值得青年人警惕的。天下万事万物，发展永无穷期。人外有人，天外有天，"老子天下第一"的想法是绝对错误的。你们对我们老祖宗遗留下来的浩如烟海的文学作品必须有深刻的了解。最好能背诵几百首旧诗词和几十篇古文，让它们随时涵蕴于你们心中，低吟于你们口头。这对于你们的文学创作和人文素质的提高，都会有极大的好处。不管你们现在或将来是教书、研究、经商、从政，或者是专业作家，都是如此，概莫能外。对外国的优秀文学作品，也必实下一番功夫，简练揣摩。这对你们的文学修养是决不可少的。如果能做到这一步，则你们必然能融会中西，贯通古今，创造出更新更美的作品。

宋代大儒朱子有一首诗，我觉得很有针对性，很有意义，我现在抄给大家：

少年易老学难成，
一寸光阴不可轻。
未觉池塘春草梦，
阶前梧叶已秋声。

这一首诗，不但对青年有教育意义，对我们老年人也同样有教育意义。文字明白如画，用不着过多的解释。光阴，对青年和老年，都是转瞬即逝，必须爱惜。"一寸光阴一寸金，寸金难买寸光阴"，这是我们古人留给我们的两句意义深刻的话。

你们现在是处在"燕园幽梦"中，你们面前是一条阳关大道，是一条铺满了鲜花的阳关大道。你们要在这条大道上走上60年，70年，80年，或者更多的年，为人民，为人类做出出类拔萃的贡献。但愿你们永不忘记这一场燕园梦，永远记住自己是一个北大人，一个值得骄傲的北大人，这个名称会带给你们美丽的回忆，带给你们无量的勇气，带给你们奇妙的智慧，带给你们悠远的憧憬。有了这些东西，你们就会自强不息，无往不利，不会虚度此生。这是我的希望，也是我的信念。

1998 年 5 月 3 日

时　间

　　一抬头，就看到书桌上座钟的秒针在一跳一跳地向前走动。它那里一跳，我的心就一跳。孔子说："逝者如斯夫，不舍昼夜！"这里指的是水。水永远不停地流逝，让孔夫子吃惊兴叹。我的心跳，跳的是时间。水是能看得见，摸得着的。时间却看不见，摸不着的，它的流逝你感觉不到，然而确实是在流逝。现在我眼前摆上了座钟，它的秒针一跳一跳，让我再清楚不过地看到了时间的流逝，焉能不心跳？焉能不兴叹呢？

　　远古的人大概是很幸福的。他们日出而作，日入而息，根据太阳的出没来规定自己的活动。即使能感到时间的流逝，也只在依稀隐约之间。后来，他们聪明了，根据太阳光和阴影的推移，把时间称作光阴。再后来，人们的聪明才智更提高了，用铜壶滴漏的办法来显示和测定时间的推移，这是用人工来抓住看不见摸不着的时间的尝试。到了近几百年，人类发明了钟表，把时间的存在与流逝清清楚楚地摆在每一个人的面前。这是人类文明进步的表现。但是，正如人们常说的那样，"有一利必有一弊"，人类成了时间的奴隶，成了手表的奴隶。现在各种各样的会极多，开会必须规定时间，几点几分，不能任意伸缩。如果参加重要的会而路上偏偏赶上堵车，任你怎样焦急，怎样频频看手表，都是白搭。这不是典型的时间的奴隶又是什么呢？然而，话又说了回来，在今天头绪纷纭杂乱有章的社会里，开会不定时间，还像古人那样"日出而作，日入而息"，优哉游哉，顺帝之则，今天的社会还能运转吗？不管你愿意不愿意，成为时间的奴隶就正是文明的表现。

不管你意识到还是没有意识到，大自然还是把虚无缥缈的时间用具体的东西暗示给了人们。比如用日出日落标志出一天，用月亮的圆缺标志出一月，用四季（在印度是六季或者两季）标志出一年。农民最关心这些问题，一年二十四个节气对他们种庄稼有重要意义。在自然科学家和哲学家眼中，时间具有另外的意义。他们说，大千世界，人类万物，都生长在时间和空间内，而时间是无头无尾的，空间是无边无际的。我既不是自然科学家，也不是哲学家，对无头无尾和无边无际实在难以理解。可是不这样又能怎样呢？如果时间有了头尾，头以前尾以后又是什么呢？因此，难以理解也只得理解，此外更没有其他途径。

生与死也属于时间范畴。一般人总是把生与死绝对对立起来。但是，中国古代的道家却主张"万物方生方死"，把生与死辩证地联系在一起，而且准确无误地道出了生即是死的关系。随着座钟秒针的一跳，我自己就长了无法用言语表达出来的那么一点点儿。同时也就是向着死亡走近了那么一点点儿。不但我是这样，现在正是初夏，窗外的玉兰花、垂柳和深埋在清塘里的荷花，也都长了那么一点点儿。不久前还是冰封的湖水，现在是"风乍起，吹皱一池夏水"，波光潋滟，水色接天。岸上的垂杨，从光秃秃的枝条上逐渐长出了小叶片，一转瞬间，出现了一片鹅黄；再一转瞬，就是一片嫩绿，现在则是接近浓绿了。小山上原来是一片枯草，"一夜东风送春暖，满山开遍二月兰"。今年是二月兰的大年，山上地下，只要有空隙，二月兰必然出现在那里，座钟的秒针再跳上多少万次，二月兰即将枯萎，也就是走向暂时的死亡了。所有这些东西，都是方生方死。这是自然的规律，不可逆转的。

印度人是聪明的，他们把时间和死亡视为一物。梵文 kāla，既是"时间"，又是"死亡或死神"。《罗摩衍那》的主人公罗摩，在活了极长的时间以后，kāla 走上门来，这表示他就要死亡了。罗摩泰然处之，既不"饮恨"，也不"吞声"。他知道这是自然规律，人类是无能为力的。我们今天知道，不但人类是这样，世界上万事万物都有始有终，无一例外。"顺其自然"是最好的办法。我在这里顺便说一下。在梵文里，动词"死"的字根是 mn；但是此字不用 manati 来表示现在时，而是用被动式 mniyati（ti），这表示，印度人认为"死"是被动的，主动自杀者究属少数。

同印度人比较起来，中国人大概希望争取长生。越是有钱有势的人越希望活下去，在旧社会里生活在水深火热中的小百姓，决不会愿意长远活下去的。而富有天下的天子则热切希望长生。中国历史上几位有名的英主，莫不如此。秦始皇和汉武帝都寻求不死之药或者仙丹什么的。连唐太宗都是服用了印度婆罗门的"仙药"而中毒身亡的。老百姓书呆子中也有寻求肉身升天的，而且连鸡犬都带了上去。我这个木头脑袋瓜真想也想不通。如果真有那么一个"天"的话，人数也不会太多。升到那里去干些什么呢？那里不会有官僚衙门，想走后门靠贿赂来谋求升官，没有这个可能。那里也不会有什么市场，什么 WTO，想发财也英雄无用武之地。想打麻将，唱卡拉 OK，唱几天，打几天，还是会有兴趣的，但让你一月月一年年永远打下去，你受得了吗？养鸡喂狗，永远喂下去，你也受不了。"不为无益之事，何以遣有涯之生！"无益之事天上没有。在天上待长了，你一定会自杀的。苏东坡说"起舞弄清影，何似在人间"！是有见地之言。我们还是老老实实待在人间吧。

　　要待在人间，就必须受时间的制约。在时间面前，人人平等。如果想不通我在上面说的那一些并不深奥的道理，时间就变成了枷锁，让你处处感到不舒服。但是，如果真想通了，则戴着枷锁跳舞反而更能增加一些意想不到的兴趣。我自认是想通了。现在照样一抬头就看到书桌上座钟的秒针一跳一跳地向前走动，但是我的心却不跳了。我觉得这是时间给我提醒儿，让我知道时间的价值。"一寸光阴不可轻"，朱子这一句诗对我这个年过九十的老头儿也是适用的。

2002 年 3 月 31 日

希望在你们身上

人类社会的进步,有如运动场上的接力赛。老年人跑第一棒,中年人跑第二棒,青年人跑第三棒。各有各的长度,各有各的任务,互相协调,共同努力,以期获得最后胜利。这里面并没有高低之分,而只有前后之别。老年人不必"倚老卖老",青年人也不必"倚少卖少"。老年人当然先走,青年人也会变老。如此循环往复,流转不息。这是宇宙和人世间的永恒规律,谁也改变不了一丝一毫。所谓社会的进步,就寓于其中。

中国古话说:"长江后浪推前浪,世上新人换旧人。"像我这样年届耄耋的老朽,当然已是"旧人"。我们可以说是已经交了棒,看你们年轻人奋勇向前了。但是我们虽无棒在手,也决不会停下不走,"坐以待毙";我们仍然要焚膏继晷,献上自己的余力,跟中青年人同心协力,把我们国家的事情办好。

我说的这一番道理,迹近老生常谈,然而却是真理。人世间的真理都是明白易懂的。可是,芸芸众生,花花世界,浑浑噩噩者居多,而明明白白者实少。你们青年人感觉锐敏,英气蓬勃,首先应该认识这个真理。要想树立正确的人生观和价值观,也必须从这里开始。换句话说就是,要认清自己在人类社会进化的漫漫的长河中的地位。人类的前途要由你们来决定,祖国的前途要由你们来创造。这就是你们青年人的责任。千万不要把人生观和价值观当作一个哲学命题来讨论，徒托空谈，无补实际。一切人生观和价值观，离开了这个责任感，都是空谈。

那么，我作为一个老人，要对你们说些什么座右铭呢？你们想要从我这里学些什么经验呢？我没有多少哲理，我也讨厌说些空话、废话、假话、大话。我一无灵丹妙药，二无锦囊妙计。我只有一点明白易懂简单朴素、迹近老生常谈又确实是真理的道理。我引一首宋代大儒朱子的诗：

少年易老学难成，
一寸光阴不可轻。
未觉池塘春草梦，
阶前梧叶已秋声。

明白易懂，用不着解释。这首诗的关键有二：一是要学习，二是要惜寸阴。朱子心目中的"学"，同我们的当然不会完全一样。这个道理也用不着多加解释，只要心里明白就行。至于爱惜光阴，更是易懂。然而真正能实行者，却不多见。

这就是一个耄耋老人对你们的肺腑之谈。

青年们，好自为之。世界是你们的。

1994年12月4日

黎明前的北京

前后加起来，我在北京已经住了四十多年，算是一个老北京了。北京的名胜古迹，北京的妙处，我应该说是了解的；其他老北京当然也了解。但是有一点，我相信绝大多数的老北京并不了解，这就是黎明时分以前的北京。

多少年来，我养成了一个习惯：每天早晨四点在黎明以前起床工作。我不出去跑步或散步，而是一下床就干活儿。因此我对黎明前的北京的了解是在屋子里感觉到的。我从前在什么报上读过一篇文章，讲黎明时分天安门广场上的清洁工人。那情景必然是非常动人的，可惜我从未能见到，只是心向往之而已。

四十年前，我住在城里在明朝曾经是特务机关的东厂里面。几座深深的大院子，在最里面三个院子里只住着我一个人。朋友们都说这地方阴森可怕，晚上很少有人敢来找我，我则怡然自得。每当夏夜，我起床以后，立刻就闻到院子里那些高大的马缨花树散发出来的阵阵幽香，这些香气破窗而入，我于此时神清气爽，乐不可支，连手中那一支笨拙的笔也仿佛生了花。

几年以后，我搬到西郊来住，照例四点起床，坐在窗前工作。白天透过窗子能够看到北京展览馆那金光闪闪的高塔的尖顶，此时当然看不到了。但是，我知道，即使我看不见它，它仍然在那里挺然耸入天空，仿佛想带给人以希望，以上进的劲头。

我仍然是乐不可支，心也仿佛飞上了高空。

　　过了十年，我又搬了家。这新居既没有马缨花，也看不到金色的塔顶。但是门前却有一片清碧的荷塘。刚搬来的几年，池塘里还有荷花。夏天早晨四点已经算是黎明时分。在薄暗中透过窗子可以看到接天莲叶，而荷花的香气也幽然袭来，我顾而乐之，大有超出马缨花和金色塔顶之上的意味了。

　　难道我欣赏黎明前的北京仅仅由于上述的原因吗？不是的。三十几年以来，我成了一个"开会迷"。说老实话，积三十年之经验，我真有点怕开会了。在白天，一整天说不定什么时候就会接到开会的通知。说一句过火的话，我简直是提心吊胆，心里不得安宁。即使不开会，这种惴惴不安的心情总摆脱不掉。只有在黎明以前，根据我的经验，没有哪里会来找你开会的。因此，我起床往桌子旁边一坐，仿佛有什么近似条件反射的东西立刻就起了作用，我心里安安静静，一下子进入角色，拿起笔来，"文思"（如果也算是文思的话）如泉水喷涌，记忆力也像刚磨过的刀子，锐不可当。此时，我真是乐不可支，如果给我机会的话，我简直想手舞足蹈了。

　　因此，我爱北京，特别爱黎明前的北京。

1985 年 2 月 11 日

莫让时间再怕东方人

五六十年前,我在德国读书的时候,在一本书上读到了这样一句谚语:"所有的人都怕时间,时间独怕东方人。"这需要加一点解释。时间这玩意儿对任何人都一视同仁,"逝者如斯夫,不舍昼夜"。不管是国王,是皇帝,时间一点面子也不给留,一个劲儿地向前飞奔。"高堂明镜悲白发,朝如青丝暮成雪。"一转瞬间,人就老了,生命要画句号了。一想到这一点,谁人敢不害怕!

谚语里的"东方人",大概指的中东一带的人,也可能包含这地区以外的人。古代一部分波斯人,当然是有钱者和有闲者,过着慢悠悠的闲散生活。"树荫下一卷诗章,一瓶葡萄美酒,一点干粮。"对时间的流逝表现出不屑一顾的大无畏的精神,因此,时间对他们毫无办法,束缚无策,只好放下被一切人都畏惧的架子,拜倒在这样的"东方人"脚下,反而怕起他们来了。

印度人毕竟是有智慧的民族。他们的古代语言梵文是同义词最多的语言。别的且不说,只说 kāla 一个词儿,含义一是"时间",二是"死神"。他们直接把"时间"与"死亡"结合起来,显得有多么深刻,多么聪明!

中国人也毕竟是有智慧的民族。先秦时期,庄子就有"方生方死"的提法,把生与死直接联系起来,显得有多么辩证,多么真实!至于时间,古来多称作"光阴"。历代哲人贤士没有哪一个不提倡爱惜光阴的。"一寸光阴一寸金,寸金难买寸光阴",是家喻户晓的。朱子有一首诗:"少年易老学难成,一寸光阴不可轻。未觉池塘春草梦,阶前梧叶已秋声。"讲得更明白具体,更形象生动。

倘若援用我一开头引的那句谚语,我们也可以说,我们中国人也是害怕时间的。

但是,从目前的情况看起来,我们的生活节奏太慢太慢了。浪费时间的现象普遍存在。过去"铁饭碗"时期培养了一批懒人,终日无所事事。他们只吃干粮,喝美酒,却没有什么诗章。他们对时间也表现出一种不屑一顾的大无畏神态,时间对他们也是束手无策的。如果那一个谚语指的真是中东地区的人的话,我相信,今天那里的人早已改变了态度,决不会再让时间怕他们了。我倒有点担心,今天如果时间再怕"东方人"的话,这些"东方人"恐怕要包括一些我们的同胞在内。

我真诚希望:莫让时间再怕东方人。

1998 年 1 月 10 日

人的一生是一个学习过程[①]

任何人的一生,都是一个学习——广义的学习的过程。区别只在于有的人意识到这一点,有的人没有意识到;有的人主动,有的人被动。而意识到这一点又主动去学习的,其效果往往高于没有意识到这一点、只是被动地去学习的。这个道理其实并不难理解,稍一思考,就豁然了。

我们现在把青少年时期的学习,划分为幼儿园、小学、中学、大学、研究院等阶段。这只是一种不得已而为之的办法,为了计算方便、工作方便,不得不尔。每一个阶段,都规定了具体的学习任务、具体的要求。看来阶段与阶段之间的界限,似乎十分分明。事实上决不是这个样子。从宏观上来看,一个人一生的学习,是一个浑然不可分割的整体。哪一个阶段学习完,也不等于整个学习任务完。古人说"学无止境",就是这个意思。有的人认为,大学一毕业,或者研究院一毕业,就算学到头了,这是一种误解,是对学习很不利的。

同上面说的这一层意思有密切联系的,是另外一个事实。这就是,从知识结构上来看,它决不可能是一成不变的,而是须要随时变动,随时调节。知识结构在上述几个学习阶段中,都不可

[①] 标题为编者所加,原为《〈学者论大学生的知识结构与智能〉序》。

能,也不应该一样。世界在千变万化,社会在飞速前进,特别在今天所谓"信息爆炸"的时代,我们的知识结构,必须随时更新,随时调节。一天不更新,一天不调节,就可能被时代潮流抛在后面。我可以借用一句现成的话来表达这个看法:稍纵即逝。

就拿研究学问来说吧。一个人一生不可能只研究一个题目,探讨一个问题。学者们都往往要研究一个以上的题目。而且研究什么题目,往往很难预先制定计划,由一个题目想到另一个题目,其中难免有些偶然性。古今中外许多大学者都可以作证。从他们的著作中就能够看出这种情况。我们自己的经验,也能证明同一个事实。研究一个题目,只要深入下去,就会发现,自己的知识结构有不足之处。如果换一个题目,另起炉灶,那情况就更严重,非调节自己的知识结构不行。这种调节往往是螺旋式地上升的。开头时,所知甚少;但是随着研究工作的深入,随着调节的加多、加速,知识也越来越多,知识结构也调节得越来越能适应研究工作的要求。这反过来又能促进研究工作的深入和提高。如此循环往复,宛如芝麻开花节节高,以至无穷。

在这里,我不妨举几个我自己的研究工作来作例子。我是搞语言研究工作的,研究过古代印度语言——吠陀语、史诗梵语和古典梵语,后来把兴趣集中到佛教语言——巴利语和佛教混合梵语上,又扩大到中亚古代语言——吐火罗语。回国以后,受到资料的限制,被迫搞佛教史和中印文化交流史。从表面上看起来,都同自然科学联系不大。但是,当时想确定巴利语和混合梵语的 āsīyati 这个字的含义时,就碰到了水结冰后体积膨胀的问题,这属于自然科学。在这里,我必须调节一下自己的知识结构,看一点自然科学的书。后来,我因为探讨中外文化交流的问题,必须弄清楚中国砂糖制造的历史。在某些环节上,这又与自然科学联系起来了。我的知识结构又必须调节了。类似的例子还可以举出一些来。但是，我觉得，这两个例子也足以说明问题了。

怎样来调节自己的知识结构呢？

本书中王通讯同志的文章《知识结构与智能结构》，提出了调节知识结构两个要诀：一是靠反馈，二是靠预测。我认为，他提出这两个要诀是非常重要的，深中肯綮的。文章俱在，我不必重复了。

我在上面讲到，在人生的青少年阶段上，人们人为地划分为许多阶段。每一个阶段同另一些阶段，既互相联系，又互有区别。从调节知识结构的观点上来看，也是如此。但是我在这里想特别强调一点：调节知识结构，大学（包括研究院）是一个关键时期。这是因为，在中小学时期，学习基本上是按部就班地进行，主动性少而被动性多。知识结构比较简单。学生独立思考问题者不多。到了大学，也就是按部就班学习的最后阶段，毕业后就要进入社会，转入人生一个新阶段。此时，按部就班的学习，虽然依然存在，但是学生的主动性增多，被动性减少。知识结构逐渐丰满，独立思考问题的必要与可能都与日俱增。在这个关键时刻，要最大限度地发挥自己的主观能动性，根据反馈与预测两个要诀，随时注意调节自己的知识结构。至于怎样进行调节，本书中许多老师的文章都讲到了自己的经验。只要仔细阅读，认真思考，必有收获。

最后，我还想再重复一遍我在开头时讲的那一段话：人的一生是一个学习过程。大学或研究院毕业，只是这个过程的一个阶段的结束，而决不是学习的终结。我们还要继续学习下去的，一直到不能学习的那一天。我们毕生的座右铭应该是：锲而不舍，持之以恒，老而不已，学习终生。

1990 年 11 月 29 日

第二辑

攀书山

天下第一好事,还是读书[1]

古今中外赞美读书的名人和文章,多得不可胜数。张元济先生有一句简单朴素的话:"天下第一好事,还是读书。""天下"而又"第一",可见他对读书重要性的认识。

为什么读书是一件"好事"呢?

也许有人认为,这问题提得幼稚而又突兀。这就等于问"为什么人要吃饭?"一样,因为没有人反对吃饭,也没有人说读书不是一件好事。

但是,我却认为,凡事都必须问一个"为什么",事出都有因,不应当马马虎虎,等闲视之。现在就谈一谈我个人的认识,谈一谈读书为什么是一件好事。

凡是事情古老的,我们常常总说"自从盘古开天地"。我现在还要从盘古开天地以前谈起,从人类脱离了兽界进入人界开始谈。人变成了人以后,就开始积累人的智慧,这种智慧如滚雪球,越滚越大,也就是越积越多。禽兽似乎没有发现有这种本领。一只蠢猪一万年以前是这样蠢,到了今天仍然是这样蠢,没有增加什么智慧。人则不然,不但能随时增加智慧,而且根据我的观察,增加的速度越来越快,有如物体从高空下坠一般。到了

---

[1] 标题为编者所加,原为《〈书海浮槎〉序》。

今天，达到了知识爆炸的水平。最近一段时间以来，克隆使全世界的人都大吃一惊。有的人竟忧心忡忡，不知这种技术发展伊于胡底。信耶稣教的人担心将来一旦克隆出来了人，他们的上帝将向何处躲藏。

人类千百年以来保存智慧的手段不出两端：一是实物，比如长城等等；二是书籍，以后者为主。在发明文字以前，保存智慧靠记忆；文字发明了以后，则使用书籍。把脑海里记忆的东西搬出来，搬到纸上，就形成了书籍，书籍是贮存人类代代相传的智慧的宝库。后一代的人必须读书，才能继承和发扬前人的智慧。人类之所以能够进步，永远不停地向前迈进，靠的就是能读书又能写书的本领。我常常想，人类向前发展，有如接力赛跑，第一代人跑第一棒；第二代人接过棒来，跑第二棒，以至第三棒、第四棒，永远跑下去，永无穷尽，这样智慧的传承也永无穷尽。这样的传承靠的主要就是书，书是事关人类智慧传承的大事，这样一来，读书不是"天下第一好事"又是什么呢？

但是，话又说了回来，中国历代都有"读书无用论"的说法。读书的知识分子，古代通称之为"秀才"，常常成为取笑的对象，比如说什么"秀才造反，三年不成"，是取笑秀才的无能。这话不无道理。在古代——请注意，我说的是"在古代"，今天已经完全不同了——造反而成功者几乎都是不识字的痞子流氓，中国历史上两个马上皇帝，开国"英主"，刘邦和朱元璋，都属此类。诗人只有慨叹"可惜刘项不读书"。"秀才"最多也只有成为这一批地痞流氓的"帮忙"或者"帮闲"，帮不上的就只好慨叹"儒冠多误身"了。

但是，话还要再说回来，中国悠久的优秀的传统文化的传承者，是这一批地痞流氓，还是"秀才"？答案皎如天日。这一批"读书无用论"的现身"说法"者的"高祖""太祖"之类，除了镇压人民剥削人民之外，只给后代留下了什么陵之类，供今天搞旅游的人赚钱而已。他们对我们国家竟无贡献可言。

总而言之，"天下第一好事，还是读书"。

1997年4月8日

开卷有益

这是一句老生常谈。如果要追溯起源的话,那就要追到一位皇帝身上。宋王辟之《渑水燕谈录》卷六:

> (宋)太宗日阅《(太平)御览》三卷,因事有缺,暇日追补之。尝曰:"开卷有益,朕不以为劳也。"

这一段话说不定也是"颂圣"之辞,不尽可信。然而我宁愿信其有,因为它真说到点子上。

鲁迅先生有时候说:"随便翻翻。"我看意思也一样。他之所以能博闻强记,博古通今,与"随便翻翻"是有密切联系的。

"卷"指的是书,"随便翻翻"也指的是书。书为什么能有这样大的威力呢?自从人类创造了语言,发明了文字,抄成或印成了书,书就成了传承文化的重要载体。人类要生存下去,文化就必须传承下去,因而书也就必须读下去。特别是在当今信息爆炸的时代中,我们必须及时得到信息。只有这样,人才能潇洒地生活下去,否则将适得其反。信息怎样得到呢?看能得到信息,听也能得到信息,而读书仍然是重要的信息源,所以非读书不可。

什么人需要读书呢?在将来人类共同进入大同之域时,人人都一定要而且肯读书的,以此为乐,而不以此为苦。在眼前,我们还做不到这一步。"四人帮"说：读书越多越反动。此"四人帮"之所以为"四人帮"也。我们可以置之不理。如今有个别的"大款"，也同刘邦和项羽一样，是不读书的。不读书照样能够发大财。然而，我认为，这只是暂时的现象，相信不久就会改变。传承文化不能寄希望于这些人身上，而只能寄托在已毕业或尚未毕业的大学生身上。他们是我们的希望，他们代表着我们的未来。大学生们肩上的担子重啊！他们是任重而道远。为了人类的继续生存，为了前对得起祖先，后对得起子孙，大学生们（当然还有其他一些人）必须读书。这已是天经地义，无须争辩。

根据我同北京大学学生的接触和我对他们的观察，绝大多数的学生还是肯读书的。他们有的说，自己感到迷惘，不知所从。他们成立了一些社团，共同探讨问题，研究人生，对人生的意义与价值感到兴趣。他们甚至想探究宇宙的奥秘。他们是肯思索的一代人，是可以信赖的极为可爱的一代年轻人。同他们在一起，我这个望九之年的老人也仿佛返老还童，心里溢满了青春活力。说这些青年不肯读书，是不符合实际情况的。

读什么样的书呢？自己专业的书当然要读，这不在话下。自己专业以外的书也应该"随便翻翻"，知识面越广越好，得到的信息越多越好，否则很容易变成鼠目寸光的人。鼠目寸光不但不利于自己专业的探讨，也不利于生存竞争，不利于自己的发展，最终为大时代所抛弃。

因此，我奉献给今天的大学生们一句话：开卷有益。

1994 年 4 月 5 日

就像人每天必须吃饭一样

我们念书人都一样，嗜书如命。我小学的时候，当时学校还没有图书馆。打念中学开始，一直到出国深造，我几乎一天也没离开过图书馆。如离开图书馆，将一事无成，这不是我一个人的意见，大凡搞学问的都有这种体会。

我大学是在清华念的。清华图书馆，大家都知道，是相当不错的，我与它打了四年交道。后来，我出国到德国哥廷根大学留学，在欧洲待了十年多。哥廷根虽然是个小城，但图书馆的藏书却极其丰富。我研究的是古代印度语言，应该说这是一门偏僻的学问。在那十年中，我写了不少文章，需要用大量资料，可哥廷根大学图书馆几乎都能满足我，借不到书的时候非常少。若借不到，他们会到别的地方去帮你借。

1946年，在落叶铺满长安街的深秋季节，我回到了北京，到北大工作。北大图书馆藏书甲全国大学。当时图书馆领导对我格外开恩，在图书馆里给了我一间研究室，并允许我从书库中提一部分必要的书，拿回我的研究室，供我随时查用和研读。我一有空闲，便潜入我的研究室，"躲进小楼成一统"，潜心默读，坐拥书城。在那个动荡的岁月，能觅到一处可以安身立命的清静世界且有书读，简直是太令人兴奋了。

我与北京图书馆有很深的历史渊源。我回国时，当时的北图馆长是袁同礼。那时，我受袁同礼的聘请，任务是把北图有关梵文的藏书检查一下，看看全不全，这个工作我做了。

解放后，王重民先生代北图馆长。郑振铎是文化部文物局局长。郑先生是我的老师，在清华我曾听过他的课。郑先生很有魄力，我当时曾向他建议，若要在中国建立东方学，仅靠当时图书馆的一点点藏书是远远不够的，解决的办法是"腰缠千万贯，骑鹤下欧洲"。据说，日本明治维新后，很重视文化事业，特意派人到欧洲、美国等地，专找旧书店，不管什么书，也不管当时有没有用，文理法工等什么都买，就这样，日本搜罗了大量的典籍。单就东方学来讲，日本图书馆的藏书比我们强多了。郑先生虽有雄才大略，但囿于当时客观条件，最终也没干成。当然，现在北图的藏书，有些方面还是相当不错的，像善本就堪称世界第一。但专从东方学而言，北图的藏书还不如我多。

图书馆是人类知识的宝库，是普及科学文化知识、传播信息的重要基地。不仅搞科研的人离不开它，一般的老百姓也离不开。随着社会的发展，人们对图书馆的需求会越来越大。我一生直到今天，可以说是极少离开过图书馆，就如人每天必须吃饭一样，经常而必须。第62届国际图联大会能够在中国开是件好事，我们应抓住这一契机，大力发展图书馆事业。北图的藏书量是世界第五、亚洲第一，若以我国的国际地位及北图的地位而论，大会也许早就该在中国开了。

近两年，受商潮的冲击，不少人忽视了自己形而上的精神世界的滋养与丰富，而一味地钻进了孔方兄的网络里难以抽身。这种现象在学术界也有。如果说我国学术界后继乏人，那是太绝对了，但确实走了好多人，北大也有。不过，仍有一部分人，不为外面的高工资所动，孜孜以求，皓首穷经，进出于图书馆，他们才是我国未来的希望与脊梁。只是，这类人并不多，这是颇令人担忧的。

1996 年

坐拥书城意未足

古今中外都有一些爱书如命的人。我愿意加入这一行列。

书能给人以知识，给人以智慧，给人以快乐，给人以希望。但也能给人带来麻烦，带来灾难。在大革文化命的年代里，我就以收藏封资修、大洋古书籍的罪名挨过批斗。1976年地震的时候，也有人警告我，我坐拥书城，夜里万一有什么情况，书城将会封锁我的出路。

批斗对我已成过眼云烟，那种万一的情况也没有发生，我"死不改悔"，爱书如故，至今藏书已经发展到填满了几间房子。除自己购买以外，赠送的书籍越来越多。我究竟有多少书，自己也说不清楚。比较起来，大概是相当多的。搞抗震加固的一位工人师傅就曾多次对我说：这样多的书，他过去没有见过。学校领导对我额外加以照顾，我如今已经有了几间真正的书斋，那种卧室、书斋、会客室三位一体的情况，那种"初极狭，才通人"的"桃花源"的情况，已经成为历史陈迹了。

有的年轻人看到我的书，瞪大了吃惊的眼睛问我："这些书你都看过吗？"我坦白承认，我只看过极少极少的一点。"那么，你要这么多书干吗呢？"这确实是难以回答的问题。我没有研究过藏书心理学，三言两语，我说不清楚。我相信，古今中外爱书如命者也不一定都能说清楚。即使说出原因来，恐怕也是五花八门的吧。

真正进行科学研究，我自己的书是远远不够的。也许我搞的这一行有点怪。我还没有发现全国任何图书馆能满足，哪怕是最低限度地满足我的需要。有的题目有时候由于缺书，进行不下去，只好让它搁浅。我抽屉里面就积压着不少这样搁浅的稿子。我有时候对朋友们开玩笑说："搞我们这一行，要想有一个满意的图书室简直比搞四化还要难。全国国民收入翻两番的时候，我们也未必真能翻身。"这绝非耸人听闻之谈，事实正是这样。同我搞的这一行有类似困难的，全国还有不少。这都怪我们过去底子太薄，解放后虽然做了不少工作，但是一时积重难返。我现在只有寄希望于未来，发呼吁于同行。我们大家共同努力，日积月累，将来总有一天会彻底改变目前这情况的。古人说："前人种树，后人乘凉。"让我们大家都来当种树人吧。

1985年7月8日晨

藏书与读书

有一个平凡的真理,直到耄耋之年,我才顿悟:中国是世界上最喜藏书和读书的国家。

什么叫书?我没有能力,也不愿意去下定义。我们姑且从孔老夫子谈起吧。他老人家读《易》,至于韦编三绝,可见用力之勤。当时还没有纸,文章是用漆写在竹简上面的,竹简用皮条拴起来,就成了书。翻起来很不方便,读起来也有困难。我国古时有一句话,叫作"学富五车",说一个人肚子里有五车书,可见学问之大。这指的是用纸做成的书,如果是竹简,则五车也装不了多少部书。

后来发明了纸。这一来写书方便多了;但是还没有发明印刷术,藏书和读书都要用手抄,这当然也不容易。如果一个人抄的话,一辈子也抄不了多少书。可是这丝毫也阻挡不住藏书和读书者的热情。我们古籍中不知有多少藏书和读书的故事,也可以叫作佳话。我们浩如烟海的古籍,以及古籍中所寄托的文化之所以能够流传下来,历千年而不衰,我们不能不感谢这些爱藏书和读书的先民。

后来我们又发明了印刷术。有了纸,又能印刷,书籍流传方便多了。从这时起,古籍中关于藏书和读书的佳话,更多了起来。宋版、元版、明版的书籍被视为珍品。历代都有一些藏书家，什么绛云楼、天一阁、铁琴铜剑楼、海源阁等等，说也说不完。有的已经消失，有的至今仍在，为我们新社会的建设服务。我们不能不感激这些藏书的祖先。

至于专门读书的人，历代记载更多。也还有一些关于读书的佳话，什么囊萤映雪之类。有人做过试验，无论萤和雪都不能亮到让人能读书的程度，然而在这一则佳话中所蕴含的鼓励人们读书的热情则是大家都能感觉到的。还有一些鼓励人读书的话和描绘读书乐趣的诗句。"书中自有颜如玉"之类的话，是大家都熟悉的，说这种话的人的"活思想"是非常不高明的，不会得到大多数人的赞赏。至于"四时读书乐"一类的诗，也是大家所熟悉的。可惜我童而习之，至今老朽昏聩，只记住了一句"绿满窗前草不除"，这样的读书情趣也是颇能令人向往的。此外如"红袖添香夜读书"之类的读书情趣，代表另一种趣味。据鲁迅先生说，连大学问家刘半农也向往，可见确有动人之处了。"雪夜闭门读禁书"代表的情趣又自不同，又是"雪夜"，又是"闭门"，又是"禁书"，不是也颇有人向往吗？

这样藏书和读书的风气，其他国家不能说一点没有；但是据浅见所及，实在是远远不能同我国相比。因此我才悟出了"中国是世界上最爱藏书和读书的国家"这一条简明而意义深远的真理。中国古代光辉灿烂的文化有极大一部分是通过书籍传流下来的。到了今天，我们全体炎黄子孙如何对待这个问题，实际上是每个人都回避不掉的。我们必须认真继承这个在世界上比较突出的优秀传统，要读书，读好书。只有这样，我们才能上无愧于先民，下造福于子孙万代。

1991 年 7 月 5 日

多读一点中外文学作品[①]

列宁有两句众所周知的名言："只有用人类创造的全部知识财富来丰富自己的头脑，才能成为共产主义者。"(《共青团的任务》）什么叫"人类创造的全部知识财富"呢？顾名思义，内容一定是非常广泛的，生产斗争的知识、阶级斗争的知识等等一定都包括在里面。但我想文学作品在其中应该占极其重要的地位。文学作品能增长人的知识，开阔人的眼界，给人以美的享受，能在潜移默化中陶冶人的性灵，提高人的文化修养和鉴赏水平。而没有这种修养是很难完成自己的工作的。

但是，古今中外，文学作品浩如烟海，一个人即使用上毕生的精力也决不会都读完。因此就需要介绍。我们编的这一套《中外文学书目答问》就是为了给爱好文学的青年提供一些常识性的介绍，并做些阅读辅导。俗话说："师父引进门，修行在个人。"青年们一定能够根据这些简单的介绍选出自己所喜爱的文学作品，再进一步阅读全书。如果只停留在阅读这些简单的介绍上，那不是我们的想法，也不是我们的希望。

阅读文学作品是不是只限于文学青年呢？不，不是这样。我在这里不谈理论，只举两个现实的例子，因为现实的例证最有说

[①] 标题为编者所加，原为《〈中外文学书目答问〉序》。

服力。一个例证是北京一所搞工业的学院。院领导给学生开了一门有关唐诗宋词的课。原意只不过想给他们增加点中国文学的常识，结果却收到了完全为始料所不及的效果：青年学生学了这些诗词大为激动，大为兴奋，他们原来不十分知道我们伟大祖国竟有这样一些伟大的作家和作品。现在他们觉得祖国更加可爱了，无形中却成了一门最好的爱国主义教育的课程。此外，在陶冶性灵方面也起到了积极的作用。我们相信，这对他们以后搞纯技术的工作也会有很大帮助的。

另一个例证是一个钢琴家。他旅居国外，名震遐迩。外国的音乐批评家都说他的弹奏中有一种说不出的优美深刻、从容大度的风格，是欧美钢琴家所没有的，使听者耳目为之一新。这种风格是从哪里来的呢？这位钢琴家自己说，这得力于他的父亲，他年幼时，父亲每天让他背一首唐诗宋词之类的旧诗词。积之既久，心中烂熟的那几百首旧诗词对他心灵的陶冶，不觉形之于钢琴弹奏中，从而产生让人赞叹的效果。

这两个例子生动地说明了，阅读文学作品不应只限于文学青年，其他各科的青年，不管学的是工程、技术，是自然科学，是房屋建筑，无一不需要读点文学作品。一般人的看法，认为学习理工的青年可以不必分心去读什么文学作品，这种看法是完全错误的。我们常常有这样的经验，走进一个家庭，走进一家旅馆，只要看一看他们房中的陈设，就可以知道，这家的主人和旅馆的主持人或建筑师有没有文化修养，文化修养是高还是低。至于园林的布置，建筑物的设计，更与这种修养有密不可分的联系，这是大家都承认的，用不着多说。有没有文化修养，文化修养之高与低，不但表现在上面说的这种情况上，也表现在一个人的言谈举止、应对进退上，有与没有，是高是低，给人的印象迥乎不同。

总而言之，我的用意只是想说，青年是我们未来希望之所寄托，他们的任务一是要不断提高自己的思想觉悟，由爱国主义、国际主义，进而走向共产主义，另一方面还要努力学习业务。除了自己专门的业务之外，一定要读一点中外文学作品，这同他们的终生事业有关，决不可以等闲视之。成为一个共产主义者是今天我们广大青年的抱负，但是想达到这个目的，光靠政治觉悟还是不够的，必须掌握"人类创造的全部知识财富"。

1983 年 4 月 14 日晨

十年回顾[1]

自己觉得德国十年的学术回忆好像是写完了。但是,仔细一想,又好像是没有写完,还缺少一个总结回顾,所以又加上了这一段。把它当作回忆的一部分,或者让它独立于回忆之外,都是可以的。

在我一生六十多年的学术研究的过程中,德国十年是至关重要的关键性的十年。我在上面已经提到过,如果我的学术研究有一个发轫期的话,真正的发轫不是在清华大学,而是在德国哥廷根大学。我也提到过,如果我不是出于一个非常偶然的机遇来到德国的话,我的一生将会完完全全是另一个样子。我今天究竟会在什么地方,还能不能活着,都是一个未知数。

但是,这个十年并不是一个简单的十年,有它辉煌成功的一面,也有它阴暗悲惨的一面。所有这一切都比较详细地写在我的《留德十年》一书中,读者如有兴趣,可参阅。因为我现在写的《自述》重点是在学术;在生活方面,如无必要,我不涉及。我在上面写的我在哥廷根十年的学术活动,主要以学术论文为经,写出了我的经验与教训。我现在想以读书为纲,写我读书的情况。我辈知识分子一辈子与书为伍,不是写书,就是读书,二者

---

[1] 节选自《学海泛槎——季羡林自述》一书。

是并行的,是非并行不可的。

我已经活过了八个多十年,已经到了望九之年。但是,在读书条件和读书环境方面,哪一个十年也不能同哥廷根的十年相比。在生活方面,我是一个最枯燥乏味的人,所有的玩的东西,我几乎全不会,也几乎全无兴趣。我平生最羡慕两种人:一个是画家,一个是音乐家。而这两种艺术是最需天才的,没有天赋而勉强对付,决无成就。可是造化小儿偏偏跟我开玩笑,只赋予我这方面的兴趣,而不赋予我那方面天才。《汉书·董仲舒传》说:"古人有言曰:'临渊羡鱼,不如退而结网。'"我极想"退而结网",可惜找不到结网用的绳子,一生只能做一个羡鱼者。我自己对我这种个性也并不满意。我常常把自己比作一盆花,只有枝干而没有绿叶,更谈不到有什么花。

在哥廷根的十年,我这种怪脾气发挥得淋漓尽致。哥廷根是一个小城,除了一个剧院和几个电影院以外,任何消遣的地方都没有。我又是一介穷书生,没有钱,其实也是没有时间冬夏两季到高山和海滨去旅游。我所有的仅仅是时间和书籍。学校从来不开什么会。有一些学生会偶尔举行晚会跳舞。我去了以后,也只能枯坐一旁,呆若木鸡。这里中国学生也极少,有一段时间,全城只有我一个中国人。这种孤独寂静的环境,正好给了我空前绝后的读书的机会。我在国内不是没有读过书,但是,从广度和深度两个方面来看,什么时候也比不上在哥廷根。

我读书有两个地方,分两大种类,一个是有关梵文、巴利文和吐火罗文等等的书籍,一个是汉文的书籍。我很少在家里读书,因为我没有钱买专业图书,家里这方面的书非常少。在家里,我只在晚上临睡前读一些德文的小说,Thomas Mann 的名著 *Buddenbrooks* 就是这样读完的。我早晨起床后在家里吃早点,早点极简单,只有两片面包和一点黄油和香肠。到了后来,第二次世界大战爆发后，首先在餐桌上消逝的是香肠，后来是黄油，最后只剩一片有鱼腥味的面包了。最初还有茶可喝，后来只能喝白开水了。早点后，我一般是到梵文研究所去，在那里一待就是一天，午饭在学生食堂或者饭馆里吃，吃完就回研究所。整整十年，不懂什么叫午睡，德国人也没有午睡的习惯。

我读梵文、巴利文、吐火罗文的书籍，一般都是在梵文研究所里。因此，我想先把梵文研究所图书收藏的情况介绍一下。哥廷根大学的各个研究所都有自己的图书室。梵文图书室起源于何时、何人，我当时就没有细问。可能是源于 Franz Kielhorn，他是哥廷根大学的第一个梵文教授。他在印度长年累月搜集到的一些极其珍贵的碑铭的拓片，都收藏在研究所对面的大学图书馆里。他的继任人 Hermann Oldenberg 在他逝世后把大部分藏书都卖给了或者赠给了梵文研究所。其中最珍贵的还不是已经出版的书籍，而是零篇的论文。当时 Oldenberg 是国际上赫赫有名的梵学大师，同全世界各国的同行们互通声气，对全世界梵文研究的情况了如指掌。广通声气的做法不外一是互相邀请讲学，二是互赠专著和单篇论文。专著易得，而单篇论文，由于国别太多，杂志太多，搜集颇为困难。只有像 Oldenberg 这样的大学者才有可能搜集比较完备。Oldenberg 把这些单篇论文都装订成册，看样子是按收到时间的先后顺序装订起来的，并没有分类。皇皇几十巨册，整整齐齐地排列书架上。我认为，这些零篇论文是梵文研究所的镇所之宝。除了这些宝贝以外，其他梵文、巴利文一般常用的书都应有尽有。其中也不乏名贵的版本，比如 Max Müller 校订出版的印度最古的典籍《梨俱吠陀》原刊本，Whitney 校订的《阿闼婆吠陀》原刊本。Boehtlingk 和 Roth 的被视为词典典范的《圣彼德堡梵文大词典》原本和缩短本，也都是难得的书籍。至于其他字典和工具书，无不应有尽有。

我每天几乎是一个人坐拥书城,"躲进小楼成一统",我就是这些宝典的伙伴和主人,它们任我支配,其威风虽南面王不易也。整个 Gauss-Weber-Haus 平常总是非常寂静,里面的人不多,而德国人又不习惯于大声说话,干什么事都只静悄悄的。门外介于研究所与大学图书馆之间的马路,是通往车站的交通要道;但是哥廷根城还不见汽车,于是本应该喧阗的马路,也如"结庐在人境,而无车马喧"。这真是一个读书的最理想的地方。

除了礼拜天和假日外,我每天就到这里来。主要工作是同三大厚册的 Mahāvastu 拼命。一旦感到疲倦,就站起来,走到摆满了书的书架旁,信手抽出一本书来,或浏览,或仔细阅读。积时既久,我对当时世界上梵文、巴利文和佛教研究的情况,心中大体上有一个轮廓。世界各国的有关著作,这里基本上都有。而且德国还有一种特殊的购书制度,除了大学图书馆有充足的购书经费之外,每一个研究所都有自己独立的购书经费,教授可以任意购买他认为有用的书,不管大学图书馆是否有复本。当 Waldschmidt 被征从军时,这个买书的权力就转到了我的手中。我愿意买什么书,就买什么书。书买回来以后,编目也不一定很科学,把性质相同或相类的书编排在一起就行了。借书是绝对自由的,有一个借书簿,自己写上借出书的书名、借出日期;归还时,写上一个归还日期就行了。从来没有人来管,可是也从来没有丢过书,不管是多么珍贵的版本。除了书籍以外,世界各国有关印度学和东方学的杂志,这里也应有尽有。总之,这是一个很不错的专业图书室。

我就是在这样的情况下畅游于书海之中。我读书粗略地可以分为两类:一类是细读的,一类是浏览的。细读的数目不可能太多。学梵文必须熟练地掌握语法。我上面提到的 Stenzler 的《梵文基础读本》,虽有许多优点,但是毕竟还太简略;入门足够,

39

深入却难。在这时候必须熟读 Kielhorn 的《梵文文法》,我在这一本书上下过苦功夫,读了不知多少遍。其次,我对 Oldenberg 的几本书,比如《佛陀》等等都从头到尾细读过。他的一些论文,比如分析 Mahāvastu 的文体的那一篇,为了写论文,我也都细读过。Whitney 和 Wackernagel 的梵文文法,Debruner 续 Wackernagel 的那一本书,以及 W. Geiger 的关于巴利文的著作,我都下过功夫。但是,我最服膺的还是我的太老师 Heinrich Lüders,他的书,我只要能得到,就一定仔细阅读。他的论文集 *Philologica Indica* 是一部很大的书,我从头到尾仔细读过一遍,有的文章读过多遍。像这样研究印度古代语言、宗教、文学、碑铭等的对一般人来说都是极为枯燥、深奥的文章,应该说是最乏味的东西。喜欢读这样文章的人恐怕极少极少,然而我却情有独钟;我最爱读中外两位大学者的文章,中国是陈寅恪先生,西方就是 Lüders 先生。这两位大师实有异曲同工之妙。他们为文,如剥春笋,一层层剥下去,愈剥愈细;面面俱到,巨细无遗;叙述不讲空话,论证必有根据;从来不引僻书以自炫,所引者多为常见书籍;别人视而不见的,他们偏能注意;表面上并不艰深玄奥,于平淡中却能见神奇;有时真如"山重水复疑无路",转眼间"柳暗花明又一村";迂回曲折,最后得出结论,让你顿时觉得豁然开朗,口服心服。人们一般读文学作品能得美感享受,身轻神怡。然而我读两位大师的论文时得到的美感享受,与读文学作品时所得到的迥乎不同,却似乎更深更高。也许有人会认为这是我个人的怪癖;我自己觉得,这确实是"癖",然而毫无"怪"可言。"此中有真意,欲辨已忘言",实不足为外人道也。

上面谈的是我读梵文著作方面的一些感受。但是,当时我读的书绝不限于梵文典籍。我在上面已经说到,哥廷根大学有一个汉学研究所。所内有一个比梵文研究所图书室大到许多倍的汉文图书室。为什么比梵文图书室大这样多呢？原因是大学图书馆中没有收藏汉籍，所有的汉籍以及中国少数民族的语言，如藏文、蒙文、西夏文、女真文之类的典籍都收藏在汉学研究所中。这个所的图书室，由于 Gustav Haloun 教授的惨淡经营，大量从中国和日本购进汉文典籍，在欧洲颇有点名气。我曾在那里会见过许多世界知名的汉学家，比如英国的 Athur Waley 等等。汉学研究所所在的大楼比 Gauss-Weber-Haus 要大得多，也宏伟得多；房子极高极大。汉学研究所在二楼上，上面还有多少层，我不清楚。我始终也没有弄清楚，偌大一座大楼是做什么用的。十年之久，我不记得，除了打扫卫生的一位老太婆，还在这里见到过什么人。院子极大，有极高极粗的几棵古树，样子都有五六百年的树龄，地上绿草如茵。楼内楼外，干干净净，比梵文研究所更寂静，也更幽雅，真是读书的好地方。

我每个礼拜总来这里几次，有时是来上课，更多的是来看书。我看得最多的是日本出版的《大正新修大藏经》。有一段时间，我帮助 Waldschmidt 查阅佛典。他正写他那一部有名的关于释迦牟尼涅槃前游行的叙述的大著。他校刊新疆发现的佛经梵文残卷，也需要汉译佛典中的材料，特别是唐义净译的那几部数量极大的"根本说一切有部律"。至于我自己读的书，则范围广泛。十几万册汉籍，本本我都有兴趣。到了这里，就仿佛回到了祖国一般。我记得这里藏有几部明版的小说。是否是宇内孤本，因为我不通此道，我说不清楚。即使是的话，也都埋在深深的"矿井"中，永世难见天日了。自从 1937 年 Gustav Haloun 教授离开哥廷根大学到英国剑桥大学去任汉学讲座教授以后，有很长一段时间，汉学研究所就由我一个人来管理。我每次来到这里，空荡荡的六七间大屋子就只有我一个人，万籁俱寂，静到能听到自己心跳的声音。在绝对的寂静中，我盘桓于成排的大书架之间，架上摆的是中国人民智慧的结晶，我心中充满了自豪感。

我翻阅的书很多；但是我读得最多的还是一大套上百册的中国笔记丛刊，具体的书名已经忘记了。笔记是中国特有的一种著述体裁，内容包罗万象，上至宇宙，下至鸟兽虫鱼，以及身边琐事、零星感想，还有一些历史和科技的记述，利用得好，都是十分有用的资料。我读完了全套书，可惜我当时还没有研究《糖史》的念头，很多有用的资料白白地失掉了。及今思之，悔之晚矣。

我在哥廷根读梵、汉典籍，情况大体如此。

推荐十种书

一、《红楼梦》

《红楼梦》是古今中外最优秀最杰出的长篇小说。我不谈思想性，因为公说公有理，婆说婆有理，谁也说不清楚，谁也说服不了谁。我只谈艺术性。本书刻画人物达到了出神入化的境界。人物一开口，虽不见其人；但立刻就能知道是谁。在中外文学作品中，实无其匹。

二、《世说新语》

这也是一本奇书。当时清谈之风盛扇。但并不是今天的"侃大山"，而要出言必隽永有韵致，言简而意深，如食橄榄，回味无穷。有的话不能说明白，但一经说出，则听者会心，宛如当年灵山会上，世尊拈花，迦叶微笑。

三、《儒林外史》

本书是中国小说中的精品。结构奇特，好像是由一些短篇缀合而成。作者惜墨如金，描绘风光，刻画人物，三言两语，而自然景色和人物性格，便跃然纸上。尤以讽刺见长，作者威仪俨然。不露笑容，讽刺的话则入木三分，令人忍俊不禁。

四、李义山诗

在中国诗中，我同曹雪芹正相反，最喜欢李义山诗。每个人欣赏的标准和对象，不能强求一律。义山诗词藻华丽，声韵铿锵。有时候不知所言何意，但读来仍觉韵味飘逸，意象生动，有似西洋的 pure poetry（纯诗）。诗不一定都要求懂。诗的词藻美和韵律美直接诉诸人的灵魂。汉诗还有一个字形美。

五、李后主词

后主词只有短短几篇。他不用一个典故，但感情真挚，动人心魄。王国维说："后主则俨有释迦基督担荷人类罪恶之意。"言似夸大，我们不能这样要求后主，他也根本不是这样的人。中国历史上多一个励精图治的皇帝，没有多大分量。但是，如果缺一个后主，则中国文学史将成什么样子？

六、《史记》

《史记》是中国第一部通史。但此书真正意义不在史而在文。司马迁说："诟莫大于宫刑。"他满腔孤愤，发而为文，遂成《史记》。时至今日，不可一世的汉武帝，只留得"西风残照汉家陵阙"，而《史记》则"光芒万丈长"。历史最是无情的。

七、陈寅恪《寒柳堂集》

八、陈寅恪《金明馆丛稿》

陈寅恪先生学贯中西，融铸今古。他一方面继承和发展了中国乾嘉朴学大师的考据之学，另一方面又继承和发扬了西方近代考据之学，实又超出二者之上。他从不用僻书，而是在人人能读人人似能解的平常的典籍中，发现别人视而不见的问题，即他常说的"发古人之覆"。他这种本领达到了极高明的地步，如燃犀烛照，洞察幽微，为学者所折服。陈先生不仅是考据家，而且是思想家，他对中国文化的理解，实超过许多哲学家。

九、德国 Heinrich Lüders（吕德斯）*Philologica Indica*（《印度语文学》）

在古今中外的学人中，我最服膺，影响我最深的，在中国是陈寅恪，在德国是吕德斯。后者也是考据圣手。什么问题一到他手中，便能鞭辟入里，如剥芭蕉，层层剥来，终至核心，所得结论，令人信服。我读他那些枯燥至极的考据文章，如读小说，成了最高的享受。

十、德国 E. Sieg（西克）、W. Siegling（西克灵）和 W. Schulze（舒尔茨）*Tocharische Grammatik*（《吐火罗语法》）

吐火罗语是一种前所未知的新疆古代民族语言。考古学家发掘出来了一些残卷，字母基本上是能认识的，但是语言结构，则毫无所知。三位德国学者通力协作，经过了二三十年的日日夜夜，终于读通，而且用德国学者有名的"彻底性"写出了一部长达 518 页的皇皇巨著，成了世界学坛奇迹。

1993 年 5 月 29 日

第三辑

渡 学 海

抓住一个问题终生不放[①]

根据我个人的观察,一个学人往往集中一段时间,钻研一个问题,搜集极勤,写作极苦。但是,文章一旦写成,就把注意力转向另外一个题目,已经写成和发表的文章就不再注意,甚至逐渐遗忘了。我自己这个毛病比较少。我往往抓住一个题目,得出了结论,写成了文章;但我并不把它置诸脑后,而是念念不忘。我举几个例子。

我于1947年写过一篇论文《浮屠与佛》,用汉文和英文发表。但是限于当时的条件,其中包括外国研究水平和资料,文中有几个问题勉强得到解决,自己并不满意,耿耿于怀者垂四十余年,一直到1989年,我得到了新材料,又写了一篇《再谈"浮屠"与"佛"》,解决了那一个悬而未决的问题,心中极喜。最令我欣慰的是,原来看似极大胆的假设竟然得到了证实,心中颇沾沾自喜,对自己的研究更增强了信心。觉得自己的"假设"确够"大胆",而"求证"则极为"小心"。

第二个例子是关于佛典梵语中-aṃ>o 和 u 的几篇文章。1944年我在德国哥廷根写过一篇论文,谈这个问题,引起了国际上一些学者的注意。有人,比如美国的 F. Edgerton,在他的巨著《混

[①] 节选自《学海泛槎——季羡林自述》一书。

合梵文文法》中多次提到这个音变现象。最初坚决反对,提出了许多假说,但又前后矛盾,不能自圆其说,最后,半推半就,被迫承认,却又不干净利落,窘态可掬;因此引起了我对此人的鄙视。回国以后,我连续写了几篇文章,对 Edgerton 加以反驳,但在我这方面,我始终没有忘记进一步寻找证据,进一步探索。这些情况我在上面的叙述中都已经谈到过。由于资料缺乏,一直到了 1990 年,上距 1944 年已经过了四十六年,我才又写了一篇比较重要的论文《新疆古代民族语言中语尾 -aṃ>u 的现象》。在这里,我用了大量的新资料,证明了我第一篇论文的结论完全正确,无懈可击。

  例子还能举出一些来。但是,我觉得,这两个也就够了。我之所以不厌其烦地谈论这个问题,是因为我看到有一些学者,在某一个时期集中精力研究一个问题,成果一出,立即罢手。我不认为这是正确的做法。学术问题,有时候一时难以下结论,必须锲而不舍,终生以之,才可能得到越来越精确可靠的结论。有时候,甚至全世界都承认其为真理的学说,时过境迁,还有人提出异议。听说,国外已有学者对达尔文的"进化论"提出了不同的看法。我认为,这不是坏事,而是好事,真理的长河是永远流逝不停的。

搜集资料必须有竭泽而渔的气魄

对研究人文社会科学的人来说,资料是最重要的。在旧时代,虽有一些类书之类的书籍,可供搜集资料之用,但作用毕竟有限。一些饱学之士主要靠背诵和记忆。后来有了索引(亦称引得),范围也颇小。到了今天,可以把古书输入电脑,这当然方便多了,但是已经输入电脑的书,为数还不太多,以后会逐渐增加的。到了大批的古书都能输入电脑的时候,搜集资料,竭泽而渔,便易如反掌了。那时候的工作重点便由搜集转为解释,工作也不能说是很轻松的。

我这一生,始终从事人文社会科学的研究工作。我搜集资料始终还是靠老办法、笨办法、死办法。只有一次尝试利用电脑,但可以说是毫无所得,大概是那架电脑出了毛病。因此我只能用老办法,一直到我前几年集中精力写《糖史》时,还是靠自己一页一页地搜寻的办法。关于这一点,我在上面已经谈到过,这里不再重复了。

不管用什么办法,搜集资料决不能偷懒,决不能偷工减料,形象的说法就是要有竭泽而渔的魄力。在电脑普遍使用之前,真正做到百分之百的竭泽而渔,是根本不可能的。但是,我们至少也必须做到广征博引,巨细不遗,尽可能地把能搜集到的资料都搜集在一起。科学研究工作没有什么捷径,一靠勤奋,二靠个人的天赋,而前者尤为重要。我个人认为,学者的大忌是仅靠手边一点搜集到的资料,就茫然作出重大的结论。我生平有多次经验,或者毋宁说是教训,我对一个问题作出了结论,甚至颇沾沾自喜,认为是不刊之论。然而,多半是出于偶然的机会,又发现了新资料,证明我原来的结论是不全面的,或者甚至是错误的。因此,我时时提醒自己,千万不要重蹈覆辙。

总之,一句话:搜集资料越多越好。

《糖史》[①]

我对科技史懂得不多,我之所以走上研究《糖史》的道路,可以说大部分是出于偶然性。与其说我对《糖史》有兴趣,毋宁说我对文化交流更有兴趣。

糖是一种微末的日用食品,平常谁也不会重视它。可是"糖"这个字在西欧各国的语言中都是外来语,来自同一个梵文字 śarkarā,这充分说明了,欧美原来无糖,糖的原产地是印度。这样一来,糖一下子就同我的研究工作挂上了钩。于是我就开始注意这个问题,并搜集这方面的资料。后来,又由于一个偶然的机会,一张伯希和从敦煌藏经洞拿走的,正面写着一段佛经,背面写着关于印度造糖法的残卷,几经辗转,传到了我的手里。大家都知道,敦煌残卷多为佛经,像这样有关科技的残卷,真可谓是凤毛麟角,绝无仅有。从伯希和起,不知道有多少中外学人想啃这个硬核桃,但都没有能啃开,最后终于落到我手中。我也惊喜欲狂,终于啃开了这个硬核桃。详情我在前面已经写过,这里不再重复。

时隔不久,我又写了一篇《蔗糖的制造在中国始于何时》的论文。这篇文章的意义,不在于它确定了中国制造蔗糖的时间,

[①] 节选自《学海泛槎——季羡林自述》一书。

而在于它指出中国在唐代以前已经能够自制蔗糖了。唐太宗派人到印度去学习制糖法，不过表示当时印度在制糖技术的某一方面有高于中国之处。中国学习的结果是，自己制造出来的糖"色味逾西域远甚"。文化交流的历史往往如此。在以后的长时间内，中印在制糖方面还是互相学习的。下面还要谈到这个问题。

到了1982年，我又写了一篇《对〈一张有关印度制糖法传入中国的敦煌残卷〉的一点补充》。补充不牵涉重大问题。到了1983年，我写了一篇《古代印度砂糖的制造和使用》。促成我写这篇文章的原因是德国学者 O. von Hinüber 的一篇关于古代印度制糖术的文章。Von Hinüber 的文章引用了一些佛典中的资料，但显得十分不够。我于是也主要使用汉译佛典中的资料，写成此文；资料比德国学者的文章丰富得多了，我们对于古代印度制糖术的了解也充实得多了。到了1987年，我又写了一篇文章《cīnī 问题——中印文化交流的一个例证》，讲的是中国白砂糖传入印度的问题。糖本是一件小东西，然而在它身上却驮着长达一千多年的中印两国文化交流的历史。同年，我还有一篇文章《唐太宗与摩揭陀——唐代印度制糖术传入中国的问题》。文章的内容上面已经屡次提到这里不再重复。我在这篇文章里只是更有系统地、更深入地、更详尽地叙述传入的过程而已。

上面提到的这一些文章，加上以后所写的一些文章，我都搜集了起来，准备结集成一部《糖史》。据我所知，迄今世界上只有两部完整的《糖史》，一本是 Von Lippmann 的，一本是 Deerr 的，一德一英，我在上面都已经提到过。二书的写法不尽相同，德文的谨严可靠，材料也丰富。英文的则差一点。二书都引用过中国资料，英文的引用时错误多而可笑，可见作者对中国以及中国材料是颇为陌生的。我的《糖史》既然后出，应当做到"后来居上"。至于我做到了没有，则不敢说。反正我除了参考以上两书外，有些东西我不再重复，我的重点是放在中国蔗《糖史》上，在我的《糖史》成书时，编为上编，国内编。我不讲饴糖，因为在饴糖制造方面，不存在国际交流的问题。我的第二个重点是文化交流，在蔗糖制造方面的国际交流。这方面的文章在成集时，我编为下编，国际编。上编已收入我主编的《东方文化集成》中，改名为《文化交流的轨迹——中华蔗糖史》，已于1997年由经济日报出版社出版；将来出《季羡林文集》时，仍恢复原名：《糖史上编国内编》。

我现在想讲一讲我写《糖史》搜集资料的情况。写文章引用别人的著作甚至观点，是决不可避免的，但必须注明出处，这是起码的学术道德，我决不敢有违。如果想开辟一个新领域，创造一个新天地，那就必须自找新材料，偷懒是万万不容许的。我自知不是大鹏，而只是一只鹡鸰，不敢做非分想，只能低低地飞。即使是大鹏，要想开辟新天地，也必付出巨大的劳动，想凭空"抟扶摇而上者九万里"，其结果必然是一个跟头栽下来，丢人现眼，而且还是飞得越高，跌得越重。搜集资料，捷径是没有的，现有的"引得"之类，作用有限。将来有朝一日，把所有的古书都输入电脑，当然会方便得多。可是目前还做不到。我只有采用一个最原始、最笨、可又决不可避免的办法，这就是找出原书，一行行，一句句地读下去，像沙里淘金一样，搜寻有用的材料。我曾经从1993年至1994年用了差不多两年的时间，除了礼拜天休息外，每天来回跋涉五六里路跑一趟北大图书馆，风雨无阻，寒暑不辍。我面对汪洋浩瀚的《四库全书》和插架盈楼的书山书海，枯坐在那里，夏天要忍受书库三十五六摄氏度的酷暑，挥汗如雨，耐心地看下去。有时候偶尔碰到一条有用的资料，便欣喜如获至宝。但有时候也枯坐半个上午，把白内障尚不严重的双眼累得个"一佛出世，二佛升天"，却找不到一条有用的材料，嗒然拖着疲惫的双腿，走回家来。经过了两年的苦练，我炼就一双火眼金睛，能目下不是十行、二十行，而是目下一页，而遗漏率却小到几乎没有的程度。

我的《糖史》就是在这样的情况下写成的。

我和外国语言

我学外国语言是从英文开始的。当时只有十岁，是高小一年级的学生。现在回忆起来，英文大概还不是正式课程，是在夜校中学习的。时间好像并不长，只记得晚上下课后，走过一片芍药栏，当然是在春天里，其他情节都记不清楚了。

当时最使我苦恼的是所谓"动词"，to be 和 to have 一点也没有动的意思呀，为什么竟然叫作动词呢？我问过老师，老师说不清楚，问其他的人，当然更没有人说得清楚了。一直到很晚很晚，我才知道，把英文 verb（拉丁文 verbum）译为"动词"是不够确切的，容易给初学西方语言的小学生造成误会。

我万万没有想到，学了一点英语，小学毕业后报考中学时竟然派上了用场。考试的其他课程和情况，现在完全记不清楚了。英文出的是汉译英，只有三句话："我新得到了一本书，已经读了几页，但是有几个字我不认识。"我大概是译出来了，只是"已经"这个字我还没有学过，当时颇伤脑筋，耿耿于怀者若干时日。我报考小学时，曾经因为认识一个"骠"字，被破格编入高小一年级。比我年纪大的一个亲戚，因为不认识这个字，被编入初小三年级。一个字给我争取了一年。现在又因为译出了这几句话，被编入春季始业的一个班，占了半年的便宜。如果我也不认识那个"骠"字，或者我在小学没有学英文，则我从那以后的学历都将推迟一年半，不知道会产生什么样的后果。人生中偶然出现的小事往往起很大的作用，难道不是非常清楚吗？不相信这一点是不行的。

在中学时，英文列入正式课程。在我两年半的初中阶段，英文课是怎样进行的，我已经忘记了。我只记得课本是《泰西五十轶事》、《天方夜谈》、《莎氏乐府本事》（*Tales form Shakespeare*）、Washington Irving 的《拊掌录》（*Sketch Book*），好像还念过 Macaulay 的文章。老师的姓名都记不清楚了。只记得，初中毕业后，因为是春季始业，又在原中学念了半年高中。在这半年中，英文教员是郑又桥先生。他给我留下了深刻难忘的印象。听口音，他是南方人。英文水平很高，发音很好，教学也很努力。只是他有吸鸦片的习惯，早晨起得很晚，往往上课铃声响了以后，还不见先生来临。班长不得不到他的住处去催请。他有一个很特别的习惯，学生的英文作文，他不按原文来修改，而是在开头处画一个前括弧，在结尾处画一个后括弧，说明整篇文章作废，他自己重新写一篇文章。这样，学生得不到多少东西，而他自己则非常辛苦，改一本卷子，恐怕要费很多时间。别人觉得很怪，他却乐此不疲。对这样一位老师是不大容易忘掉的。过了20年以后，当我经过了高中、大学、教书、留学等等阶段，从欧洲回到济南时，我访问了我的母校，几乎所有以前的老师都已离开了人世，只有郑又桥先生一个人孤零零地住在临大明湖的高楼上。我见到他，我们俩彼此都非常激动，这实在是我万万没有想到的事。他住的地方，南望千佛山影，北望大明湖十里碧波，风景绝佳。可是这一位孤独的老人似乎并不能欣赏这绝妙的景色。从那以后，我再没有见到他，想他早已经不在人世了。

我们那一些十几岁的中学生也并不老实。来一个新教员，我们往往要试他一试，看他的本领如何。这大概也算是一种少年心理吧。我们当然想不出什么高招来"测试"教员。有一年换了一位英文教员，我们都觉得他不怎么样。于是在字典里找了一个短语 by the by。其实这也不是多么稀见的短语，可我们当时从来没有读到过，觉得很深奥，就拿去问老师。老师没有回答出来，脸上颇有愧色。我们一走，他大概是查了字典，下一次见到我们，说："你们大概是从字典上查来的吧？"我们笑而不答。幸亏这一位老师颇为宽宏大量，以后他并没有对我们打击报复。

在这时候，我除了在学校里念英文外，还在每天晚上到尚实英文学社去学习。校长叫冯鹏展，是广东人，说一口带广东腔的蓝青官话。他住的房子非常大，前面一进院子是学社占用。后面的大院子是他全家所居。前院有四五间教室，按年级分班。教我的老师除了冯老师以外，还有钮威如老师、陈鹤巢老师。钮老师满脸胡须，身体肥胖，用英文教我们历史。陈老师则是翩翩佳公子，衣饰华美。看来这几个老师英文水平都不差，教学也都努力。每到秋天，我能听到从后院传来的蟋蟀的鸣声。原来冯老师最喜欢养蟋蟀，山东人名之曰蛐蛐儿，嗜之若命，每每不惜重金，购买佳种。我自己当时也养蛐蛐，常常随同院里的大孩子到荒山野外蔓草丛中去捉蛐蛐，捉到了一只好的，则大喜若狂。我当然没有钱来买好的，只不过随便玩玩而已。冯老师却肯花大钱，据说斗蛐蛐有时也下很大的赌注，不是随便玩玩的。

在这里用的英文教科书已经不能全部回忆出来。只有一本我忆念难忘，这就是 Nesfield 的文法，我们称之为《纳氏文法》，当时我觉得非常艰深，因而对它非常崇拜。到了后来，我才知道，这是英国人专门写了供殖民地人民学习英文之用的。不管怎样，这一本书给我提供了很多有用的资料。像这样内容丰富的语法，我以后还没有见过。

尚实英文学社，我上了多久，已经记不起来，大概总有几年之久。学习的成绩我也说不出来,大概还是非常有用的。到了我到北园白鹤庄去上山东大学附设高中的时候,我在班上英文程度已经名列榜首。当时教英文的教员共有三位,一位姓刘,名字忘了,只记得他的绰号,一个非常不雅的绰号。另一位姓尤名桐。第三位姓和名都忘了,这一位很不受学生欢迎。我们闹了一次小小的学潮:考试都交白卷,把他赶走了。我当时是班长,颇伤了一些脑筋。刘、尤两位老师却都受到了学生的尊敬,师生关系一直是非常好的。

在北园高中,开始学了点德文。老师姓孙,名字忘记了。他长得宽额方脸,嘴上留着两撇像德皇威廉第二世的胡须,除了鼻子不够高以外,简直像是一个德国人。我们用的课本是山东济宁天主教堂编的书,实在很不像样子,他就用这个本子教我们。他是胶东口音,估计他在德国占领青岛时在一个德国什么洋行里干过活,学会了德文。但是他的德文实在不高明,特别是发音更为蹩脚。他把 gut 这个字念成"古吃"。有一次上堂时他满面怒容,说有人笑话他的发音。我心里想,那个人并没有错,然而孙老师却忿忿然,义形于色。他德文虽不高明却颇为风雅,他自己出钱印过一册十七字诗,比如有一首是嘲笑一只眼的人:

发配到云阳,
见舅如见娘,
两人齐下泪,
三行!

诸如此类,是中国民间文学的一种形式,严格地说就是民间蹩脚文人的创作,足证我们孙老师的欣赏水平并不怎样高。总之,我们似乎只念了一学期德文,我的德文只学会了几个单词儿，并没有学好，也不可能学好。

到了1928年，日寇占领了济南，我失学一年。从1929年夏天起，我入了山东省立济南高中，据说是当时山东全省唯一的一所高中。此时名义上是国民党统治，但是实权却多次变换，有时候，仍然掌握在地方军阀手中。比起山东大学附设高中来，多少有了一些新气象。《书经》《诗经》不再念了，作文都用白话文，从前是写古文的。我在这里念了一年书，国文教员个个都给我的印象很深，因为都是当时文坛上的名人。但英文教员却都记不清楚了。高中最后一年用的什么教本我也记不起来了。可能是《格里弗游记》之类。我还能清晰地回忆起来的是几次英文作文。我记得有一次作文题目是讲我们学校。我在作文中描绘了学校的大门外斜坡，大门内向上走的通道，以及后面图书馆所在的楼房。自己颇为得意，也得到了老师的高度赞扬。我们的英文课一直用汉语进行，我们既不大能说，也不大能听。这是当时山东中学里一个普遍的缺点，同京、沪、津一些名牌中学比较起来，我们显然处于劣势。这大大地影响了考入名牌大学的命中率。

此时已经到了1930年的夏天，我从高中毕业了。我断断续续学习英语已经十年了，还学了一点德文。要问有什么经验没有呢？应该有一点，但并不多。曾有一度，我想把整部英文字典背过。以为这样一来，就再没有不认识的字了。我确实也下过功夫去背，但持续了一段时间之后，我就觉得有好多字实在太冷僻没有用处，于是采用另外一种办法：凡是在字典上查过的字都用红铅笔在字下画一横线，表示这个字查过了。但是过了不久，又查到这个字。说明自己忘记了。这个办法有一点用处，它可以给我敲一下警钟：查过的字怎么又查呢？可是有的字一连查过几遍还是记不住，说明警钟也不大理想。现在的中学生要比我们当时聪明得多，他们恐怕不会来背字典了。阿门！加上阿弥陀佛！

不管怎么样，高中毕业了。下一步是到北京投考大学。山东有一所山东大学，但是本省的学生都是这山望着那山高，不大愿意报考本省的大学，一定要"进京赶考"。我们这一届高中有八十多个毕业生，几乎都到了北京。当年报考名牌大学，其困难程度要远远超过今天。拿北大、清华来说，录取的学生恐怕不到报名的十分之一。据说有一个山东老乡报考北大、清华，考过四次，都名落孙山。我们考的那一年是第五次了，名次并不比孙山高。看榜后，神经顿时错乱，走到西山，昏迷漫游了四五天，才清醒过来，回到城里，从此回乡，再也不考大学了。

入学考试，英文是必须考的。以讲英语出名的清华，英文题出得并不难，只有一篇作文，题目忘记了。另外有一篇改错之类的东西。不以讲英语著名的北大出的题目却非常难，作文之外有一篇汉译英，题目是李后主的词：

别后春半，触目愁肠断，砌下落梅如雪乱，拂了一身还满。

有的同学连中文原文都不十分了解，更何况译成英文！顺便说一句，北大的国文作文题也非常古怪，那一年的题目是："何谓科学方法，试分析详论之"。这样一个题目也很够一个中学毕业生作的。但是北大古怪之处还不在这里。各门学科考完之后，忽然宣布要加试英文听写（dictation），这对我们实在是当头一棒。我们在中学没有听过英文。我大概由于单词记得多了一点，只要能听懂几个单词儿，就有办法了。记得老师念的是一段寓言。其中有狐狸，有鸡，只有一个字 suffer，我临阵惊慌，听懂了，但没有写对。其余大概都对了。考完之后，山东同学面带惊慌之色，奔走相告，几乎完全是丈二和尚摸不着头脑。大家都知道，这一加试,录取的希望就十分渺茫了。

我很侥幸,北大、清华都录取了。当时处心积虑是想出国留洋。在这方面,清华比北大条件要好。我决定入清华西洋文学系。这一个系有一套详细的教学计划,课程有古希腊拉丁文学、中世纪文学、文艺复兴文学、英国浪漫诗人、近代长篇小说、文艺评论、莎士比亚、欧洲文学史等。教授有中国人、英国人、美国人、德国人、波兰人、法国人、俄国人,但统统用英文讲授。我在前面已经谈到,我们中学没有听英文的练习。教大一英文的是美国小姐毕莲女士(Miss Bille)。头几堂课,我只听到她咽喉里咕噜咕噜地发出声音,"剪不断,理还乱",却一点也听不清单词。我在中学曾以英文自负,到了此时却落到这般地步,不啻当头一棒,悲观失望了好多天,幸而逐渐听出了个别的单词,仿佛能"剪断"了,大概不过用了几个礼拜,终于大体听懂了,算是渡过了学英文的生平第一难关。

清华有一个古怪的规定:学英、德、法三种语言之一,从第一年X语,学到第四年X语者,谓之X语专门化(specialized in X)。实际上法语、德语完全不能同英语等量齐观。法语、德语都是从字母学起,教授都用英语讲授,而所谓第一年英语一开始就念 Jane Austin 的 *Pride and Prejudice*。其余所有的课也都用英语讲授。所以这三个专门化是十分不平等的。

我选的是德语专门化,就是说,学了四年德语。从表面上来看,四年得了八个 E(Excellent,最高分,清华分数是五级制),但实际上水平并不高。教第一年和第二年德语的是当时北京大学德文系主任杨丙辰(震文)教授。他在德国学习多年,德文大概是好的,曾翻译了一些德国古典名著,比如席勒的《强盗》等等。他对学生也从来不摆教授架子,平易近人,常请学生吃饭。但是作为一个教员,他却是一个极端不负责任的教员。他教课从字母教起，教第一个字母 a 时，说：a 是丹田里的一口气。初听之下，也还新鲜。但 b、c、d 等等，都是丹田里的一口气，学生就窃窃私议了："我们不管它是否是丹田里的几口气。我们只想把音发得准确。"从此，"丹田里的一口气"就传为笑谈。

　　杨老师家庭生活也非常有趣。他是北京大学的系主任，工资相当高，推算起来，可能有现在教授的十几倍。不过在北洋军阀时期，常常拖欠工资，国民党统治前期，稍微好一点，到了后期，什么法币、什么银元券、什么金元券一来，钞票几乎等于手纸，教授们的生活就够呛了。杨老师据说兼五个大学的教授，每月收入可达上千元银元。我在大学念书时，每月饭费只需六元，就可以吃得很好了。可见他的生活是相当优裕的。他在北大沙滩附近有一处大房子，服务人员有一群，太太年轻貌美，天天晚上看戏捧戏子，一看就知道，他们是一个非常离奇的结合。杨老师的人生观也很离奇，他信一些奇怪的东西，更推崇佛家的"四大皆空"。把他的人生哲学应用到教学上就是极端不负责任，游戏人间，逢场作戏而已。他打分数，也是极端不负责任。我们一交卷，他连看都不看，立刻把分数写在卷子上。有一次，一个姓陈的同学，因为脾气黏黏糊糊，交了卷，站着不走。杨老师说："你嫌少吗？"立即把 S（superior，第二级）改为 E。

　　我就是在这样的情况下学习德语的。高中时期孙老师教的那一点德语早已交还了老师，杨老师又是这样来教，可见我的德语基础是很脆弱的。第二年仍然由他来教，前两年可以说是轻松愉快，但不踏实。

　　第三年是石坦安先生（Von den Steinen，德国人）教，他比较认真，要求比较严格，因此这年学了不少的东西。第四年换了艾克（G. Ecke，号锷风，德国人）。他又是一个马马虎虎的先生。他工资很高，又独身一人，在城里租了一座王府居住。他自己住在银安殿上,仆从则住在前面一个大院子里。他搜集了不少的中国古代名画。他在德国学的是艺术史,因此对艺术很有兴趣,也懂行。他曾在厦门大学教过书,鲁迅的著作中曾提到过他。他用德文写过一部《中国的宝塔》,在国外学术界颇得好评。但是作为一个德语教员,则只能算是一个蹩脚的教员。他对教书心不在焉。他平常用英文讲授,有一次我们曾请求他用德语讲,他立刻哇啦哇啦讲一通德语,其快如悬河泻水,最后用德语问我们:"Verstehen Sie etwas davon?"我们摇摇头,想说:"Wir verstehen nichts davon."但说不出来,只好还说英语。他说道:"既然你们听不懂,我还是用英语讲吧!"我们虽不同意,然而如哑子吃黄连,有苦说不出。课程就照旧进行下去了。

但是他对我却产生了极大的影响。他喜欢德国古典诗歌,最喜欢 Hölderlin 和 Plateno。我受了他的影响,也喜欢起 Hölderlin 来。我的学士论文 *The Early Poems of Hölderlin*,就是在他的影响下写的,他是指导教授。当时我大概对 Hölderlin 不会了解得太多,太深。论文的内容我记不清楚了,恐怕是非常肤浅的。我当时的经济情况很困难,有一次写了几篇文章,拿了点稿费,特别向德国订购了 Hölderlin 的豪华本的全集,此书我珍藏至今,念了一些,但不甚了了。

除了英文和德文外,我还选了法文。教员是德国小姐 Madmoiselle Holland,中文名叫华兰德。当时她已发白如雪,大概很有一把子年纪了。因为是独身,性情有些反常,有点乖戾,要用医学术语来说,她恐怕患了迫害狂。在课堂上专以骂人为乐。如果学生的答卷非常完美,她挑不出毛病来借端骂人,她的火气就更大,简直要勃然大怒。最初选课的人很多,过了没有多久,就被她骂走了一多半。只剩下我们几个不怕骂的仍然留下,其中有华罗庚同志。有一次把我们骂得实在火了,我们商量了一下,对她予以反击，结果大出意料，她屈服了，从此天下太平。她还特意邀请我们到她的住处（现在北大南门外的军机处）去吃了一顿饭。可见师徒间已经化干戈为玉帛，揖让进退，海宇澄清了。

我还旁听过俄文课。教员是一个白俄，名字好像是陈作福，个子极高，一个中国人站在他身后，从前面看什么都看不见。他既不会英文，也不会汉文，只好被迫用现在很时髦的"直接教学法"，然而结果并不理想，我只听到讲 Скажите пожалуйста（请您说！），其余则不甚了了。我旁听的兴趣越来越低，终于不再听了。大概只学了一些生词和若干句话，我第一次学习俄语的过程就此结束了。

我上面谈到，我虽然号称德文专门化，然而学习并不好。可是我偏偏得了四年高分。当我1934年毕业后，不得已而回到母校济南高中当了一年国文教员。之后，清华与德国学术交流处订立了交换研究生的合同，我报名应考，结果被录取了。我当年舍北大而趋清华的如意算盘终于真正实现了，我能到德国去留学了。对我来说，这真是天大的喜事。

可是我的德文水平不高，我看书大概是没有问题的，听、说则全无训练。到了德国，吃了德国面包，也无法立刻改变。我到德国学术交流处去报到的时候，一个女秘书含笑对我说："Lange Reise！"（长途旅行呀！）我愣里愣怔，竟没有听懂。我留在柏林，天天到柏林大学外国语学院专为外国人开的德文班去学习了六周，到了深秋时分，我被分配到 Göttingen（哥廷根）大学去学习。我对于这个在世界上颇为著名的大学什么都不清楚。第一学期，我还没有能决定究竟学习哪一个学科。我随便选了一些课，因为交换研究生选课不用付钱，所以我尽量多选，我每天要听课六七小时。选的课我不一定都有兴趣，我也不能全部听懂。我的目的其实是通过选课听课提高自己的听的能力。我当时听德语的水平非常低，以前从来没有听过，这情况我在上面已经谈过。解放后，我们的外语教育，不管还有多少不能令人满意的地方，其水平和认真的态度是解放前无论如何也比不上的，这一点现在的青年不一定都清楚。因此我在这里说上几句。

我还利用另一种方式来提高自己的听说能力，这就是同我的女房东谈话。德国大学没有学生宿舍，学生住宿的问题学校根本不管，学生都住民房。我的女房东有一些文化水平，但不高。她喜欢说话，唠唠叨叨，每天晚上到我屋里来收拾床铺，她都要说上一大套，把一天的经过都说一遍。别人大概都不爱听，我却是求之不得，正好利用这个机会来练习听力。我的女房东可以说是一位很好的德文教员，可惜我既不付报酬，她自己也不知道讨报酬，她成了我的义务教员。

到了第二学期，我偶然看到 Prof. Waldschmidt 开梵文课的告示。我大喜过望，立刻选了这一门课。我在清华大学时，曾经想学梵文，但没有老师教，只好作罢。现在有了这样一个机会，我怎能放过呢？学生只有三个：一个乡村里的牧师，一个历史系的学生。Waldschmidt 的教学方法是德国通常使用的。德国 19 世纪一位语言学家主张，教学生外语，比如教学生游泳，把学生带到游泳池旁，一下子把他推下去，如果淹不死，他就学会游泳了。具体的办法是：尽快让学生自己阅读原文，语法由学生自己去钻，不在课堂上讲解。这种办法对学生要求很高。短短的两节课往往要准备上一天，其效果我认为是好的：学生的积极性完全调动起来了。他要同原文硬碰硬，不能依赖老师，他要自己解决语法问题。只有实在解不通时，教授才加以辅导。这个问题我在别的地方讲过，这里不再详细叙述了。

德国大学有一个奇特的规定：要想考哲学博士学位，必须选三个系，一个主系，两个副系。对我来说，主系是梵文，这是已经定了的。副系一个是英文，这可以减轻我的负担。至于第三个系，则费了一番周折。有一个时期，我曾经想把阿拉伯语作为我的副系。我学习了大约三个学期的阿拉伯语。从第二学期开始就念《古兰经》。我很喜欢这一部经典，语言简练典雅，不像佛经那样累赘重复，语法也并不难。但是在念过两个学期以后，我忽然又改变了想法，我想拿斯拉夫语言作为我的第二副系。按照德国大学的规定，拿斯拉夫语作副系，必须学习两种斯拉夫语言，只有一种不行。于是我在俄文之外，又选了南斯拉夫语。

教俄文的老师是一个曾在俄国居住过的德国人，俄文等于是他的母语。他的教法同其他德国教员一样，是采用把学生推入游泳池的办法。俄文每周两次，每次两小时，德国的学期短，然而我们却在第一学期内，读完了一册俄文教科书，其中有单词、语法和简单的会话，又念完果戈里的小说《鼻子》。我最初念《鼻子》的时候，俄文语法还没有学多少，只好硬着头皮翻字典。往往是一个字的前一半字典上能查到，后一半则不知所云，因为后一半是表变位或变格变化的。而这些东西，我完全不清楚，往往一个上午只能查上两行，其痛苦可知。但是不知怎么一来，好像做梦一般，在一个学期内，我毕竟把《鼻子》全念完了。下学期念契诃夫的剧本《万尼亚舅舅》的时候，我觉得轻松多了。

南斯拉夫语由主任教授 Prof. Braun 亲自讲授。他只让我看了一本简单的语法，立即进入阅读原文的阶段。有了学习俄文的经验，我拼命翻字典。南斯拉夫语同俄文很相近，只在发音方面有自己的特点，有升调和降调之别。在欧洲语言中，这是很特殊的。我之所以学南斯拉夫语，完全是为了应付考试。我的兴趣并不大，可以说也没有学好。大概念了两个学期，就算结束了。

谈到梵文，这是我的主系，必须全力以赴。我上面已经说过，Waldschmidt 教授的教学方法也同样是德国式的。我们选用了

Stenzler 的教科书。我个人认为，这是一本非常优秀的教科书。篇幅并不多，但是应有尽有。梵文语法以艰深复杂著称，有一些语法规则简直烦琐古怪到令人吃惊的地步。这些东西当然不是哪一个人硬制定出来的，而是历史发展自然形成的，利用比较语言学的方法都能解释得通。Stenzler 在薄薄的一本语法书中竟能把这些古怪的语法规则的主要组成部分收容进来，是一件十分不容易做好的工作。这一本书前一部分是语法，后一部分是练习。练习上面都注明了相应的语法章节。做练习时，先要自己读那些语法，教授并不讲解，一上课就翻译那些练习。第二学期开始念《摩诃婆罗多》中的《那罗传》。听说，欧美许多大学都是用这种方式。到了高年级，梵文课就改称 Seminar，由教授选一部原著，学生课下准备，上堂就翻译。新疆出土的古代佛典残卷，也是在 Seminar 中读的。这种 Seminar 制看似平淡无奇，实际上是训练学生做研究工作的一个最好的方式。比如，读古代佛典残卷时就学习了怎样来处理那些断简残篇，怎样整理，怎样阐释，连使用的符号都能学到。

至于巴利文，虽然是一门独立的课程，但教授根本不讲，连最基本的语法也不讲。他只选一部巴利文的佛经，比如《法句经》之类，一上堂就念原书，其余的语法问题，梵巴音变规律，词汇问题，都由学生自己去解决。

念到第三年上，我已经拿到了博士论文的题目，此时第二次世界大战已经正式爆发。我的教授被征从军。他的前任 Prof. E. Sieg 老教授又出来承担授课的任务。当时他已经有七八十岁了，但身体还很硬朗，人也非常和蔼可亲，简直像一个老祖父。他对上课似乎非常感兴趣。一上堂，他就告诉我，他平生研究三种东西：《梨俱吠陀》、古代梵文语法和吐火罗文，他都要教给我。他似乎认为我一定同意，连征求意见的口气都没有，就这样定下来了。

我想在这里顺便谈一点感想。在那极"左"思潮横行的年代里，把世间极其复杂的事物都简单化为一个公式：在资产阶级国家里学习过的人或者没有学习过的人，都成了资产阶级。至于那些国家的教授更不用说了。他们教什么东西，宣传什么东西，必定有政治目的，具体地讲，就是侵略和扩张。他们决不会怀有什么好意的。Sieg 教我这些东西也必然是为他们的政治服务的，为侵略和扩张服务的。帝国主义的侵略扩张政策，谁也否认不掉。但是不是他们的学者在任何时间任何地方都为这个政策服务呢？我以为不是这样。像 Sieg 这样的老人，不顾自己年老体衰，一定要把他的"绝招"教给一个异域的青年，究竟为了什么？我当时学习任务已经够重，我只想消化已学过的东西，并不想再学习多少新东西。然而，看了老人那样诚恳的态度，我屈服了。他教我什么，我就学什么。而且是全心全意地学。他是吐火罗文世界权威，经常接到外国学者求教的信。比如美国的 Lane 等等。我发现，他总是热诚地罄其所知去回答，没有想保留什么。和我同时学吐火罗文的就有一个比利时教授 W. Couvreur。根据我的观察，Sieg 先生认为学术是人类的公器，多撒一颗种子，这一门学科就多得一点好处。侵略扩张同他是不沾边的。他对我这个异邦的青年奖掖扶植不遗余力。我的博士论文和口试的分数比较高，他就到处为我张扬，有时甚至说一些夸大的话。在这一方面，他给了我极大的影响。今天我也成了老人，我总是想方设法，为年轻的学者鸣锣开道。我觉得，只要我能做到这一点，我就算是对得起 Sieg 先生了。

我跟 Sieg 先生学习的那几年，是我一生挨饿最厉害，躲避空袭最多，生活最艰苦的几年。但是现在回忆起来却是最甜蜜的几年。甜蜜在何处呢？就是能跟 Sieg 先生在一起。到了冬天，大雪载途，黄昏早至。下课以后，我每每扶 Sieg 先生踏雪长街，送他回家。此时山林皆白，雪光微明，十里长街，寂寞无人。心中又凄清，又温暖。此情此景，终生难忘。

1946年我回国以后，当了外语教员。从表面上来看，我自己的外语学习任务已经完成了。但是实际上，并不是这个样子。对于语言，包括外国语言和自己的母语在内，学习任务是永远也完成不了的。真正有识之士都会知道，对于一种语言的掌握，从来也不会达到绝对好的程度，水平都是相对的。据说莎士比亚作品里就有不少的语法错误，我们中国过去的文学家、哲学家、史学家、诗人、词客等等，又有哪一个没有病句呢？现代当代的著名文人又有哪一个写的文章能经得起语法词汇方面的过细的推敲呢？因此，谁要是自吹自擂，说对语言文字的掌握已达到炉火纯青的程度，这个人不是一个疯子，就是一个骗子。我讲的全是实话，并不是危言耸听。从这个意义上来讲，我学习外语的任务并没有完成。在教学之余，我仍然阅读一些外文的书籍，翻译一些外国的文学作品，还经常碰到一些不懂的或者似懂而实不懂的地方，需要翻阅字典或向别人请教。今天还有一些人，自视甚高，毫无自知之明，强不知以为知，什么东西都敢翻译，什么问题都不在话下，结果胡译乱写，贻害无穷，而自己则沾沾自喜，真不知天下还有羞耻事！

"你学了一辈子外语，有什么经验和教训呢？"我仿佛听到有人这样问。经验和教训，都是有的，而且还不少。

我自己常常想到，学习外语，在漫长的学习过程中，到了一定的时期，一定的程度，眼前就有一条界线，一个关口，一条鸿沟，一个龙门。至于是哪一个时期，这就因语言而异，因人而异。语言的难易不同，而且差别很大；个人的勤惰不同，差别也很大。这两个条件决定了这一个龙门的远近，有的三四年，有的五六年，一般人学习外语，走到这个龙门前面，并不难，只要泡上几年，总能走到。可是要跳过这龙门，就决非易事。跳不跳过有什么差别呢？差别有如天渊。跳不过，你对这种语言就算是没有登堂入室。只要你稍一放松，就会前功尽弃，把以前学的全忘掉。你勉强使用这种语言，这个工具你也掌握不了，必然会出许多笑话，贻笑大方。总之你这一条鲤鱼终归还是一条鲤鱼，说不定还会退化，你决变不成龙。跳过了龙门呢？则你已经不再是一条鲤鱼，而是一条龙。可是要跳过这个龙门又非常难，并不比鲤鱼跳龙门容易，必须付出极大的劳动，表现出极大的毅力，坚忍不拔，锲而不舍，才有跳过的希望。做任何事情都有类似的情况。书法、绘画、篆刻、围棋、象棋、打排球、踢足球、体操、跳水等等，无不如此。这一点必须认清。跳过了龙门，你对你的这一行就有了把握，有了根底。专就外语来说，到了此时，就不大容易忘记，这一门外语会成为你得心应手的工具。当然，即使达到这个程度，仍然要继续努力，决不能掉以轻心。

学习外语，同学习一切东西一样，必须注重方法。我们过去尝试过许多教学外语的方法，都取得过一定的成绩。这一点必须承认。但是我们决不能迷信方法，认为方法万能。我认为，最可靠的不是方法，而是个人的勤学苦练，发挥主观能动性。这个道理异常清楚。各行各业，莫不如此。过去有人讲笑话，说除臭虫最好的办法不是这药那药，而是"勤捉"。其中有朴素的真理。

我学习外国语言，已经有六十多年的历史了。如今我已经到了垂暮之年。回顾这六十多年的历史，心里真是感慨万端。我学了不少的外国语言，但是现在应用起来自己比较有把握的却不太多。我上面讲到跳龙门的问题。好多语言，我大概都没有跳过龙门。连那几种比较有把握的，跳到什么程度，自己心中也没有底。想要对今天学外语的年轻人讲几句经验之谈，想来想去，也只有勤学苦练一句,这真是未免太寒碜了。然而事实就是这个样子,这真叫作没有办法。学什么东西都要勤学苦练。这个真理平凡到同说每个人只要活着就必须吃饭一样。你不说,人家也会知道。然而它毕竟还是真理。你能说每个人必须吃饭不是真理吗?问题是如何贯彻这个真理。我只希望有志于掌握外语的年轻人说到做到。每个人到了一定的阶段,都能跳过龙门去。我们祖国今天的建设事业要求尽量多的外语人才,而且要求水平尽量高的。希望我们大家共同努力,达到这个神圣的目的。

1986 年 9 月 12 日写完

研究学问的三个境界

王国维在他著的《人间词话》里说了一段话：

> 古今之成大事业大学问者，必经过三种之境界："昨夜西风凋碧树，独上高楼，望尽天涯路。"此第一境也。"衣带渐宽终不悔，为伊消得人憔悴。"此第二境也。"众里寻他千百度，回头蓦见那人正在灯火阑珊处。"此第三境也。

尽管王国维同我们在思想上有天渊之别，他之所谓"大学问""大事业"，也跟我们了解的不完全一样。但是这一段话的基本精神，我们是可以同意的。

现在我就根据自己一些经验和体会来解释一下王国维的这一段话。

"昨夜西风凋碧树，独上高楼，望尽天涯路。"意思是：在秋天里，夜里吹起了西风，碧绿的树木都凋谢了。树叶子一落，一切都显得特别空阔。一个人登上高楼，看到一条漫长的路，一直引到天边，不知道究竟有多长。王国维引用这几句词，形象地说明了一个人立志做一件事情时的情景。志虽然已经立定，但是前路漫漫，还看不到什么具体的东西。

说明第二个境界的那几句词引自欧阳修的《蝶恋花》①。王国维只是借用那两句话来说明：在工作进行中，一定要努力奋斗，刻苦钻研，日夜不停，坚持不懈，以致身体瘦削，连衣裳的带子都显得松了。但是，他（她）并不后悔，仍然是勇往直前，不顾自己的憔悴。

　　在三个境界中，这可以说是关键。根据我自己的体会，立志做一件事情以后，必须有这样的精神，才能成功。无论是在对自然的斗争中，还是在阶级斗争中，要想找出规律，来进一步推动工作，都是十分艰巨的事情。就拿我们从事教育和科学研究工作的人来说吧，搞自然科学的，既要进行细致深入的实验，又要积累资料。搞社会科学的，必须积累极其丰富的资料，并加以细致的分析和研究。在工作中，会遇到层出不穷的意想不到的困难，我们一定要坚忍不拔，百折不回，决不容许有任何侥幸求成的想法，也不容许徘徊犹豫。只有这样，才能得到最后的成功。

　　工作是艰苦的，工作的动力是什么呢？对王国维来说，工作的动力也许只是个人的名山事业。但是，对我们来说，动力应该是建设社会主义社会和共产主义社会。所以，我们今天的工作动力同王国维时代比起来，真有天渊之别了。

　　所谓不顾身体的瘦削，只是形象的说法，我们决不能照办。在王国维时代，这样说是可以的。但是到了今天，我们既要刻苦钻研，同时又要锻炼身体。一马万马的关系必须正确处理。

　　此外，我们既要自己钻研，同时也要兢兢业业地向老师学习。打一个不太确切的比喻，老师和学生一教一学，就好像是接力赛跑，一棒传一棒，跑下去，最后达到目的地。我们之所以要尊师，就是因为老师在一定意义上是跑前一棒的人。一方面，我

---

　　① "衣带尽宽终不悔，为伊消得人憔悴"出自柳永《蝶恋花》。

们要从他手里接棒；另一方面，我们一定会比他跑得远，这就是所谓"青出于蓝，而胜于蓝"。

说明第三个境界的词引自辛弃疾的《青玉案·元夕》。意思是：到处找他（她），也不知道找了几百遍几千遍，只是找不到。猛一回头，那人原来就在灯火不太亮的地方。中国旧小说常见的"踏破铁鞋无觅处，得来全不费工夫"，表达的也是这个意思。王国维引用这几句词，来说明获得成功的情形。一个人既然立下大志做一件事情，于是就苦干、实干、巧干。但是什么时候才能成功呢？对于这个问题大可以不必过分考虑。只要努力干下去，而方法又对头，干得火候够了，成功自然就会到你身边来。

这三个境界，一般地说起来，是与实际情况相符的。就王国维所处的时代来说，他在科学研究方面所获得的成绩是极其辉煌的。他这一番话，完全出自亲自的体会和经验，因此才这样具体而生动。

到了今天，社会大大地进步了，我们的学习条件大大地改善了，我们的学习动力也完全不一样了；我们都应该立下雄心大志，一定要艰苦奋斗，攀登科学的高峰。

1959 年 7 月

我在小学和中学的写作经历[1]

新育小学

在我的小学和中学中,新育小学不能说是一所关键的学校。可是不知为什么,我对新育三年记忆得特别清楚。一闭眼,一幅完整的新育图景就展现在我的眼前,仿佛是昨天才离开那里的。

新育三年,斑斓多彩,内容异常丰富。

我是不喜欢念正课的。对所有的正课,我都采取对付的办法。上课时,不是玩小动作,就是不专心致志地听老师讲,脑袋里不知道是想些什么,常常走神儿,斜眼看到教室窗外四时景色的变化,春天繁花似锦,夏天绿柳成荫,秋天风卷落叶,冬天白雪皑皑。旧日有一首诗:"春天不是读书天,夏日迟迟正好眠。秋有蚊虫冬有雪,收拾书包好过年。"可以为我写照。当时写作文都用文言,语言障碍当然是有的,最困难的是不知道怎样起头。老师出的作文题写在黑板上,我立即在作文簿上写上"人生于世"四个字,下面就穷了词儿,仿佛永远要"生"下去似的。以后憋好久,才能憋出一篇文章。万没有想到,以后自己竟一辈

---

[1] 本文节选自《我的小学和中学》一文,内容有删改,标题都是编者所加。

子舞笔弄墨。我逐渐体会到，写文章是要讲究结构的，而开头与结尾最难，这现象在古代大作家笔下经常可见。然而，到了今天，知道这种情况的人似乎已不多了。也许有人竟认为这是怪论，是迂腐之谈，我真欲无言了。有一次作文，我不知从什么书里抄了一段话："空气受热而上升，他处空气来补其缺，遂流动而成风。"句子通顺，受到了老师的赞扬。可我一想起来，心里就不是滋味，愧悔有加。在今天，这也可能算是文坛的腐败现象吧。可我只是十岁的孩子，不知道什么叫文坛，我一不图名，二不图利，完全为了好玩儿。但自己也知道，这样做是不对的，所以才悔愧，从那以后，一生中再没有剽窃过别人的文字。

……

有一年，在秋天，学校组织全校学生游开元寺。

开元寺是济南名胜之一，坐落在千佛山东群山环抱之中。这是我经常来玩的地方。寺上面的大佛头尤其著名，是把一面巨大的山崖雕凿成了一个佛头，其规模虽然比不上四川的乐山大佛，但是在全国的石雕大佛中也是颇有一点名气的。从开元寺上面的山坡往上爬，路并不崎岖，爬起来比较容易。爬上一刻钟到半个小时就到了佛头下。据说佛头的一个耳朵眼里能够摆一桌酒席。我没有试验过，反正其大概可想见了。从大佛头再往上爬，山路当然崎岖，山石更加亮滑，爬起来颇为吃力。我曾爬上来过多次，颇有驾轻就熟之感，感觉不到多么吃力。爬到山顶上，有一座用石块垒起来的塔似的东西。从济南城里看过去，好像是一个橛子，所以这一座山就得名橛山。同泰山比起来，橛山不过是小巫见大巫；但在济南南部群山中，橛山却是鸡群之鹤，登上山顶，望千佛山顶如在肘下，大有"一览众山小"之慨了。可惜的是，这里一棵树都没有，不但没有松柏，连槐柳也没有，只有荒草遍山，看上去有点童山濯濯了。

从橛山山顶，经过大佛头，走了下来，地势渐低，树木渐多，走到一个山坳里，就是开元寺。这里松柏参天，柳槐成行，一片浓绿，间以红墙，仿佛在沙漠里走进了一片绿洲。虽然大庙那样的林宫梵宇、崇阁高塔在这里找不到，但是也颇有几处佛殿，佛像庄严。院子里有一座亭子，名叫静虚亭。最难得最引人注目的是一泓泉水，在东面石壁的一个不深的圆洞中。水不是从下面向上涌，而是从上面石缝里向下滴，积之既久，遂成清池，名之曰秋棠池，洞中水池的东面岸上长着一片青苔，栽着数株秋海棠。泉水是上面群山中积存下来的雨水，汇聚在池上，一滴一滴地往下滴。泉水甘甜冷洌，冬不结冰。庙里住持的僧人和络绎不绝的游人，都从泉中取水喝。用此水煮开泡茶，也是茶香水甜，不亚于全国任何名泉。有许多游人是专门为此泉而来开元寺的。我个人很喜欢开元寺这个地方，过去曾多次来过。这一次随全校来游，兴致仍然极高，虽归而兴未尽。

回校后，学校出了一个作文题目《游开元寺记》，举行全校作文比赛，把最好的文章张贴在教室西头走廊的墙壁上。前三名都是我在上面提到过的从曹州府来的三位姓李的同学所得。第一名作文后面教师的评语是"颇有欧苏真气"。我也榜上有名，但却在八九名之后了。

……

那时候，在我们家，小说被称为"闲书"，是绝对禁止看的。但是，我和秋妹都酷爱看"闲书"，高级的"闲书"，像《红楼梦》《西游记》之类，我们看不懂，也得不到，所以不看。我们专看低级的"闲书"，如《彭公案》《施公案》《济公传》《七侠五义》《小五义》《东周列国志》《说唐》《封神榜》等等。我们都是小学水平，秋妹更差，只有初小水平，我们认识的字都有限。当时没有什么词典，有一部《康熙字典》，我们也不会，也不肯去查。经常念别字，比如把"飞檐走壁"，念成了"飞dan走壁"，把"气往上冲（衝）"念成了"气住上冲（重）"。反正，即使有些字不认识，内容还是能看懂的。我们经常开玩笑说："你是用笤帚扫，还是用扫帚扫？"不认识的字少了，就是笤帚，多了就用扫帚。尽管如此，我们看闲书的瘾头仍然极大。那时候，我们家没有电灯，晚上，把煤油灯吹灭后，躺在被窝里，用手电筒来看。那些闲书，都是油光纸石印的，字极小，有时候还不清楚。看了几年，我居然没有变成近视眼，实在是出我意料。

我不但在家里偷看，还把书带到学校里去，偷空就看上一段。校门外左首空地上，正在施工盖房子。运来了很多红砖，摞在那里，不是一摞，而是很多摞，中间有空隙，坐在那里，外面谁也看不见。我就搬几块砖下来，坐在上面，在下课之后，且不回家，掏出闲书，大看特看。书中侠客们的飞檐走壁，刀光剑影，仿佛就在我眼前晃动，我似乎也参与其间，乐不可支。等到脑筋清醒了一点，回家已经过了吃饭的时间，常常挨数落。

这样的闲书，我看得数量极大，种类极多。光是一部《彭公案》，我就看到了四十几续。越说越荒唐，越说越神奇，到了后来，书中的侠客个个赛过《西游记》的孙猴子。但这有什么害处呢？我认为没有。除了我一度想练铁砂掌以外，并没有持刀杀人，劫富济贫，做出一些荒唐的事情，危害社会。不但没有害处，我还认为有好处。记得鲁迅先生在答复别人问他怎样才能写通写好文章的时候说过，要多读多看，千万不要相信《文章作法》一类的书籍。我认为，这是至理名言。现在，对小学生，在课外阅读方面，同在别的方面一样，管得过多，管得过严，管得过死，这不一定就是正确的方法。无为而治，我并不完全赞成，但为的太多，我是不敢苟同的。

……

正谊中学

我考入正谊中学,录取的不是一年级,而是一年半级,由秋季始业改为春季始业。我只待了两年半,初中就毕业了。毕业后又留在正谊,念了半年高一。杜老师就是在这个时候教我们班的。时间是1926年,我15岁。他出了一个作文题目与描绘风景抒发感情有关。我不知天高地厚,写了一篇带有骈体文味道的作文。我在这里补说一句:那时候作文都是文言文,没有写白话文的。我对自己那一篇作文并没有沾沾自喜,只是写这样的作文,我还是第一次尝试,颇有期待老师表态的想法。发作文簿的时候,看到杜老师在上面写满了密密麻麻的字,等于他重新写了一篇文章。他的批语是:"欲作花样文章,非多记古典不可。"短短一句话,可以说是正击中了我的要害。古文我读过不少,骈文却只读过几篇。这些东西对我的吸引力远远比不上《彭公案》《济公传》《七侠五义》等等一类的武侠神怪小说。这些东西被叔父贬为"闲书",是禁止阅读的,我却偏乐此不疲,有时候读起了劲,躲在被窝里利用手电筒来读。我脑袋里哪能有多少古典呢?仅仅凭着那几个古典和骈文习用的辞句就想写"花样文章",岂非是一个典型的癞蛤蟆吗?看到了杜老师批改的作文,心中又是惭愧,又是高兴。惭愧的原因,用不着说。高兴的原因则是杜老师已年届花甲竟不嫌麻烦这样修改我的文章,我焉得不高兴呢?离开正谊以后,好多年没有回去,当然也就见不到杜老师了。我不知道他后来怎样了。但是,我却不时怀念他。他那挺着大肚皮步履蹒跚地走过操场去上课的形象,将永远留在我的记忆中。

……

北园山大附中

1926年，我15岁，在正谊中学春季始业的高中待了半年，秋天考入山东大学附设高中一年级。入正谊时占了半年的便宜，结果形同泡影，一扫而光了。

王老师是国文教员，是山东莱阳人，父亲是当地有名的文士，也写古文。所以王先生家学渊源，从小受过良好的教育，特别是古文写作方面更为突出。他为文遵桐城派义法，结构谨严，惜墨如金，逻辑性很强。我不研究中国文学史，但有一些胡思乱想的看法。我认为，桐城派古文同八股文有紧密的联系。其区别只在于，八股文必须代圣人立言，"四书"以朱子注为标准，不容改变。桐城派古文，虽然也是"文以载道"，但允许抒发个人感情。二者的差别，实在是微乎其微。王老师有自己的文集，都是自己手抄的，从来没有出版过，也根本没有出版的可能。他曾把文集拿给我看过。几十年的写作，只有薄薄一小本。现在这文集不知到哪里去了，惜哉！

王老师上课，课本就使用现成的《古文观止》。不是每篇都讲，而是由他自己挑选出来若干篇，加以讲解。文中的典故，当然在必讲之列。而重点则在文章义法。他讲的义法，已如我在上面讲到的那样，基本是桐城派，虽然他自己从来没有这样说过。《古文观止》里的文章是按年代顺序排列的。不知道什么原因，王老师选讲的第一篇文章是比较晚的明代袁中郎的《徐文长传》。讲完后出了一个作文题目《读〈徐文长传〉书后》。我从小学起作文都用文言，到了高中仍然未变。我仿佛驾轻就熟般地写了一篇《书后》，自觉并没有什么了不起，不意竟获得了王老师的青睐，定为全班压卷之作，评语是"亦简劲，亦畅达"。我当然很高兴，我不是一个没有虚荣心的人。老师这一捧，我就来了劲儿。于是就拿来韩、柳、欧、苏的文集，认真读过一阵儿。实际上，全班国文最好的是一个叫韩云鹄的同学。可惜他别的课程成绩不好，考试总居下游。王老师有一个习惯，每次把学生的作文簿批改完后，总在课堂上占用一些时间，亲手发给每一个同学。排列是有顺序的，把不好的排在最上面，依次而下，把最好的放在最后。作文后面都有批语，但有时候他还会当面说上几句。我的作文和韩云鹄的作文总是排在最后一二名，最后一名当然就算是状元，韩云鹄当状元的时候比我多。但是一二名总是被我们俩垄断，几年从来没有过例外。

北园的风光是非常美丽的。每到春秋佳日，风光更为旖旎。最难忘记的是夏末初秋时分，炎夏初过，金秋降临。秋风微凉，冷暖宜人。每天晚上，夜深以后，同学们大都走出校门，到门前荷塘边上去散步，消除一整天学习的疲乏。于时月明星稀，柳影在地，草色凄迷，荷香四溢。如果我是一个诗人的话，定会好诗百篇。可惜我从来就不是什么诗人，只空怀满腹诗意而已。王崑玉老师大概也是常在这样的时候出来散步的。他抓住这个机会，出了一个作文题目《夜课后闲步校前溪观捕蟹记》。我生平最讨厌写论理的文章。对哲学家们那一套自认为是极为机智的分析，我十分头痛。除非有文采，像庄子、孟子等，其他我都看不下去。我喜欢写的是抒情或写景的散文，有时候还能情景交融，颇有点沾沾自喜。王老师这个作文题目正合吾意，因此写起来很顺畅，很惬意。我的作文又一次成为全班压卷之作。

……

济南高中

1928年,日寇占领了济南,我被迫停学一年。

1929年,日军撤走,国民党的军队进城,从此结束了军阀割据混战的局面,基本上由一个军阀统治中国。

北园高中撤销,成立了全山东省唯一的一个高中:山东省立济南高中,全省各县的初中毕业生,想要上进的,必须到这里来,这里是通向大学(主要是北京的)的唯一桥梁。

我们班第一个国文教员是胡也频先生,从上海来的作家,年纪很轻,个子不高,但浑身充满了活力。上课时不记得他选过什么课文。他经常是在黑板上写上几个大字:"现代文艺的使命"。所谓现代文艺,也叫普罗文学,就是无产阶级文学。其使命就是无产阶级革命。……胡老师把他的夫人丁玲从上海接到济南暂住。丁玲当时正在走红,红得发紫。中学生大都是追星族。见到了丁玲,我们兴奋得难以形容了。但是,国民党当局焉能容忍有人在自己鼻子底下革命,于是下令通缉胡也频。胡老师逃到了上海去,一年多以后就给国民党杀害了。

接替胡先生的是董秋芳先生。董先生,笔名冬芬,北大英文系毕业,译有《争自由的波浪》一书,鲁迅先生作序。他写给鲁迅的一封长信,现保存于《鲁迅全集》中。董老师的教学风格同胡老师完全不同。他不讲什么现代文艺,不讲什么革命,而是老老实实地教书。他选用了日本厨川白村著、鲁迅译的《苦闷的象征》作教材,仔细分析讲授。作文不出题目,而是在黑板上大写四个字"随便写来",意思就是,你愿意写什么就写什么。有一次,我竟用这四个字为题目写了一篇作文,董老师也没有提出什么意见。

……

胡去董来，教学风格大变。董老师认认真真地讲解文艺理论，仔仔细细地修改学生的作文。他为人本分，老实，忠厚，纯诚，不慕荣利，淡泊宁静，在课堂上不说一句闲话，从而受到了学生们的爱戴。至于我自己，从写文言文转到写白话文，按理说，这个转变过程应该带给我极大的困难。然而，实际上我却一点困难都没有。原因并不复杂。从我在一师附小读书起，五四新文化运动的大潮，汹涌澎湃，向全国蔓延。"骆驼说话事件"发生以后，我对阅读五四初期文坛上各大家的文章，极感兴趣。不能想象，我完全能看懂；但是，不管我手里拿的是笤帚或是扫帚，我总能看懂一些的。再加上我在新育小学时看的那些"闲书"，《彭公案》《济公传》之类，文体用的都是接近白话的。所以由文言转向白话文，我不但一点勉强的意思都没有，而且还颇有一点水到渠成的感觉。

写到这里，我想写几句题外的话。现在的儿童比我们那时幸福多了。书店里不知道有多少专为少年和儿童编著的读物，什么小儿书，什么连环画，什么看图识字，等等，印刷都极精美，插图都极漂亮，同我们当年读的用油光纸石印的《彭公案》一类的"闲书"相比，简直有天渊之别。当年也有带画的"闲书"，叫作绣像什么什么，也只在头几页上印上一些人物像，至于每一页上上图下文的书也是有的，但十分稀少。我觉得，今天的少儿读物图画太多，文字过少，这是过低估量了少儿的吸收能力，不利于他们写文章，不利于他们增强读书能力。这些话看上去似属题外，但仔细一想也实在题内。

我觉得，我由写文言文改写白话文而丝毫没有感到什么不顺手，与我看"闲书"多有关，我不能说，每一部这样的"闲书"文章都很漂亮，都是生花妙笔。但是，一般说起来，文章都是文从字顺，相当流利。而且对文章的结构也十分注意，决不是头上一榔头，屁股上一棒槌。此外，我读中国的古文，几乎每一篇流传几百年一两千年的文章在结构方面都十分重视。在潜移默化中，在我根本没有意识到的情况下，我无论是写文言文，或是写白话文，都非常注意文章的结构，要层次分明，要有节奏感。对文章的开头与结尾更特别注意。开头如能横空出硬语，自为佳构。但是，貌似平淡也无不可，但要平淡得有意味。让读者读了前几句必须继续读下去。结尾的诀窍是言有尽而意无穷，如食橄榄，余味更美。到了今天，在写了七十多年散文之后，我的这些意见不但没有减退，而且更加坚固，更加清晰。我曾在许多篇文章中主张惨淡经营，反对松松垮垮，反对生造词句。我力劝青年学生，特别是青年作家多读些中国古文和中国过去的小说；如有可能，多读些外国作品，以提高自己的文化修养和审美情趣。我这种对文章结构匀称的追求，特别是对文章节奏感的追求，在我自己还没有完全清楚之前，一语破的点破的是董秋芳老师。在一篇比较长的作文中，董老师在作文簿每一页上端的空白处批上了"一处节奏""又一处节奏"等等的批语。他敏锐地发现了我作文中的节奏，使我惊喜若狂。自己还没能意识到的东西，竟蒙老师一语点破，能不狂喜吗？这一件事影响了我一生的写作。我的作文，董老师大概非常欣赏，在一篇作文的后面，他在作文簿上写了一段很长的批语，其中有几句话是："季羡林的作文，同理科一班王联榜的一样，大概是全班之冠，也可以说是全校之冠吧。"这几句话，同王状元的对联和扇面差不多，大大地增强了我的荣誉感。虽然我在高中毕业后在清华学西洋文学，在德国治印度及中亚古代文字，但文学创作始终未停。我觉得，科学研究与文学创作不但没有矛盾，而且可以互济互补，身心两利。所有这一切都同董老师的鼓励是分不开的，我终生不忘。

2002年3月25日写完

假若我再上一次大学

"假若我再上一次大学",多少年来我曾反复思考过这个问题。我曾一度得到两个截然相反的答案:一个是最好不要再上大学,"知识越多越反动",我实在心有余悸。一个是仍然要上,而且偏偏还要学现在学的这一套。后一个想法最终占了上风,一直到现在。

我为什么还要上大学而又偏偏要学现在这一套呢?没有什么堂皇的理由。我只不过觉得,我走过的这一条道路,对己,对人,都还有点好处而已。我搞的这一套东西,对普通人来说,简直像天书,似乎无利于国计民生。然而世界上所有的科技先进国家,都有梵文、巴利文以及佛教经典的研究,而且取得了辉煌的成绩。这一套冷僻的东西与先进的科学技术之间,真似乎有某种联系。其中消息耐人寻味。

我们不是提出了弘扬祖国优秀文化,发扬爱国主义吗?这一套天书确实能同这两句口号挂上钩,我举一个具体的例子。日本梵文研究的泰斗中村元博士在给我的散文集日译本《中国知识人的精神史》写的序中说道,中国的南亚研究原来是相当落后的。可是近几年来,突然出现了一批中年专家,写出了一些水平较高的作品,让日本学者有"攻其不备"之感。这是几句非常有意思的话。实际上,中国梵学学者同日本同行们的关系是十分友好的。我们一没有"攻",二没有争,只有坐在冷板凳上辛苦耕耘。有了一点成绩,日本学者看在眼里,想在心里,觉得过去对中国南亚研究的评价过时了。我觉得,这里面既包含着"弘扬",也包含着"发扬"。怎么能说,我们这一套无补于国计民生呢?

话说远了,还是回来谈我们的本题。

我的大学生活是比较长的:在中国念了四年,在德国哥廷根大学又念了五年,才获得学位。我在上面所说的"这一套"就是在国外学到的。我在国内时,对"这一套"就有兴趣。但苦无机会。到了哥廷根大学,终于找到了机会,我简直如鱼得水,到现在已经坚持学习了将近六十年。如果马克思不急于召唤我,我还要坚持学下去的。

如果想让我谈一谈在上大学期间我收获最大的是什么,那是并不困难的。在德国学习期间有两件事情是我毕生难忘的,这两件事都与我的博士论文有关联。

我想有必要在这里先谈一谈德国的与博士论文有关的制度。当我在德国学习的时候,德国并没有规定学习的年限。只要你有钱,你可以无限期地学习下去。德国有一个词儿是别的国家没有的,这就是"永恒的大学生"。德国大学没有空洞的"毕业"这个概念,只有博士论文写成,口试通过,拿到博士学位,这才算是毕了业。

写博士论文也有一个形式上简单而实则极严格的过程,一切决定于教授。在德国大学里,学术问题是教授说了算。德国大学没有入学考试,只要高中毕业,就可以进入任何大学。德国学生往往是先入几个大学,过了一段时间以后,自己认为某个大学、某个教授,对自己最适合,于是才安定下来,在一个大学,从某一位教授学习。先听教授的课,后参加他的研讨班。最后教授认为你"孺子可教",才会给你一个博士论文题目。再经过几年的努力,收集资料,写出论文提纲,经过教授过目。论文写成的年限没有规定,至少也要三四年,长则漫无限制。拿到题目十年八年写不出论文,也不是稀见的事。所有这一切都决定于教授,院长、校长无权过问。写论文,他们强调一个"新"字,没有新见解,就不必写文章。见解不论大小,唯新是图。论文题目不怕小,就怕不新。我个人觉得,这是非常重要的一点。只有这样,学术才能"日日新",才能有进步。否则满篇陈言,东抄西抄,饾饤拼凑,尽是冷饭。虽洋洋数十甚至数百万言,除了浪费纸张、浪费读者的精力以外,还能有什么效益呢?

我拿到博士论文题目的过程,基本上也是这样。我拿到了一个有关佛教混合梵语的题目。用了三年的时间,搜集资料,写成卡片,又到处搜寻有关图书,翻阅书籍和杂志,大约看了总有一百多种书刊。然后整理资料,使之条理化、系统化,写出提纲,最后写成文章。

我个人心里琢磨:怎样才能向教授露一手儿呢?我觉得那几千张卡片虽然抄写得好像蜜蜂采蜜,极为辛苦;然而却是干巴巴的,没有什么文采,或者无法表现文采。于是我想在论文一开始就写上一篇"导言",这既能炫学,又能表现文采。真是一举两得的绝妙主意,我照此办理。费了很长的时间,写成一篇相当长的"导言"。我自我感觉良好,心里美滋滋的。认为教授一定会大为欣赏,说不定还会夸上几句哩。我先把"导言"送给教授看,回家做着美妙的梦。我等呀,等呀,终于等到教授要见我,我怀着走上领奖台的心情,见到了教授。然而却使我大吃一惊。教授在我的"导言"前画上了一个前括号,在最后画上了一个后括号,笑着对我说:"这篇导言统统不要!你这里面全是华而不实的空话,一点新东西也没有!别人要攻击你,到处都是暴露点,一点防御也没有!"对我来说,这真如晴天霹雳,打得我一时说不上话来。但是，经过自己的反思，我深深地感觉到，教授这一棍打得好，我毕生受用不尽。

第二件事情是，论文完成以后，口试接着通过，学位拿到了手。论文需要从头到尾认真核对，不但要核对从卡片上抄入论文的篇、章、字、句，而且要核对所有引用过的书籍、报纸和杂志。要知道，在三年以内，我从大学图书馆，甚至从柏林的普鲁士图书馆，借过大量的书籍和报刊，耗费了大量的时间。当时就感到十分烦腻。现在再在短期内，把这样多的书籍重新借上一遍，心里要多腻味就多腻味。然而老师的教导不能不遵行，只有硬着头皮，耐住性子，一本一本地借，一本一本地查。把论文中引用的大量出处重新核对一遍，不让它发生任何一点错误。

后来我发现，德国学者写好一本书或者一篇文章，在读校样的时候，都是用这种办法来一一仔细核对。一个研究室里的人，往往都参加看校样的工作。每人一份校样，也可以协议分工。他们是以集体的力量，来保证不出错误。这个法子看起来极笨，然而除此以外，还能有"聪明的"办法吗？德国书中的错误之少，是举世闻名的。有的极为复杂的书竟能一个错误都没有，连标点符号都包括在里面。读过校样的人都知道，能做到这一步，是非常非常不容易的。德国人为什么能做到呢？他们并非都是超人的天才，他们比别人高出一头的诀窍就在于他们的"笨"。我想改几句中国古书上的话："德国人其智可及也，其笨（愚）不可及也。"

反观我们中国的学术界，情况则颇有不同。在这里有几种情况。中国学者博闻强记，世所艳称。背诵的本领更令人吃惊。过去有人能背诵四书五经，据说还能倒背。写文章时，用不着去查书，顺手写出，即成文章。但是记忆力会时不时出点问题的。中国近代一些大学者的著作，若加以细致核对，也往往有引书出错的情况。这是出上乘的错。等而下之，作者往往图省事，抄别人的文章时，也不去核对，于是写出的文章经不起核对。这是责任心不强，学术良心不够的表现。还有更坏的就是胡抄一气。只要书籍文章能够印出，哪管他什么读者！名利到手，一切不顾。我国的书评工作又远远跟不上。即使发现了问题，也往往"为贤者讳"怕得罪人，一声不吭。在我们当前的学术界，这种情况能说是稀少吗？我希望我们的学术界能痛改这种极端恶劣的作风。

我上了九年大学，在德国学习时，我自己认为收获最大的就是以上两点。也许有人会认为这卑之无甚高论。我不去争辩。我现在年届耄耋，如果年轻的学人不弃老朽，问我有什么话要对他们讲，我就讲这两点。

1991 年 5 月 5 日写于北京大学

第四辑

有 所 为

有为有不为

"为",就是"做"。应该做的事,必须去做,这就是"有为"。不应该做的事必不能做,这就是"有不为"。

在这里,关键是"应该"二字。什么叫"应该"呢?这有点像仁义的"义"字。韩愈给"义"字下的定义是"行而宜之之谓义"。"义"就是"宜"。而"宜"就是"合适",也就是"应该",但问题仍然没有解决。要想从哲学上从伦理学上说清楚这个问题,恐怕要写上一篇长篇论文,甚至一部大书。我没有这个能力,也认为根本无此必要。我觉得,只要诉诸一般人都能够有的良知良能,就能分辨清是非善恶了,就能知道什么事应该做,什么事不应该做了。

中国古人说:"勿以善小而不为,勿以恶小而为之。"可见善恶是有大小之别的,应该不应该也是有大小之别的,并不是都在一个水平上。什么叫大,什么叫小呢?这里也用不着繁琐的论证,只须动一动脑筋,睁开眼睛看一看社会,也就够了。

小恶、小善,在日常生活中,随时可见。比如在公共汽车上给老人和病人让座,能让,算是小善;不能让,也只能算是小恶,够不上大逆不道。然而,从那些一看到有老人或病人上车就立即装出闭目养神的样子的人身上,不也能由小见大看出了社会道德的水平吗?

至于大善大恶，目前社会中也可以看到，但在历史上却看得更清楚。比如宋代的文天祥。他为元军所虏。如果他想活下去，屈膝投敌就行了，不但能活，而且还能有大官做，最多是在身后被列入"贰臣传"，"身后是非谁管得"，管那么多干吗呀。然而他却高赋《正气歌》，从容就义，留下英名万古传，至今还在激励着我们全国人民的爱国热情。

通过上面举的一个小恶的例子和一个大善的例子，我们大概对大小善和大小恶能够得到一个笼统的概念了。凡是对国家有利，对人民有利，对人类发展、前途有利的事情就是大善，反之就是大恶。凡是对处理人际关系有利，对保持社会安定团结有利的事情可以称之为小善，反之就是小恶。大小之间有时难以区别，这只不过是一个大体的轮廓而已。

大小善和大小恶有时候是有联系的。俗话说：千里之堤，溃于蚁穴。拿眼前常常提到的贪污行为而论。往往是先贪污少量的财物，心里还有点打鼓。但是，一旦得逞，尝到甜头，又没被人发现，于是胆子越来越大，贪污的数量也越来越多，终至于一发而不可收拾，最后受到法律的制裁，悔之晚矣。也有个别的识时务者，迷途知返，就是所谓浪子回头者，然而难矣哉！

我的希望很简单，我希望每个人都能有为有不为。一旦"为"错了，就毅然回头。

2001 年 2 月 23 日

公　德

公德（一）

什么叫"公德"？查一查字典，解释是"公共道德"。这等于没有解释。继而一想，也只能这样。字典毕竟不是哲学教科书，也不是法律大全。要求它做详尽的解释，是不切实际的。

先谈事实。

我住在燕园最北部，北墙外，只隔一条马路，就是圆明园。门前有清塘一片，面积仅次于未名湖。时值初夏，湖水潋滟，波平如镜。周围垂杨环绕。柳色已由鹅黄转为嫩绿，衬上后面杨树的浓绿，浓淡分明，景色十分宜人。北大人口中称之为后湖。因为僻远，学生来者不多，所以平时显得十分清净。为了有利于居住者纳凉，学校特安上了木制长椅十几个，环湖半周。现在每天清晨和黄昏，椅子上总是坐满了人。据知情人的情报，坐者多非北大人，多来自附近的学校，甚至是外地来的游人。

这样一个人间仙境，能吸引外边的人来，我们这里的居民，谁也不会反对，有时还会窃喜。我们家住垂杨深处，却如入芝兰之室，久而不闻其香。有外来人来共同分享，焉得而不知喜呢？

然而且慢。这里不都是芝兰，还有鲍鱼。每天十点，玉洁来我家上班时，我们有时候也到湖边木椅上小坐。几乎每次都看到椅前地上，铺满了瓜子皮、烟头，还有不同颜色的垃圾。有时候竟有饭盒的残骸，里面吐满了鸡骨头和鱼刺。还有各种的水果皮，狼藉满地，看了令人头痛生厌，屁股再也坐不下去。有一次我竟看到，附近外国专家招待所的一对外国夫妇，手持塑料袋和竹夹，在椅子前面，弯腰曲背，捡地上的垃圾。我们的脸腾地一下子红了起来。看了这种情况，一个稍有公德心的中国人，谁还能无动于衷呢？我于是同玉洁约好：明天我们也带塑料袋和竹夹子来捡垃圾，企图给中国人挽回一点面子。捡这些垃圾并不容易。大件的好办，连小件的烟头也并不困难。最难捡的是瓜子皮，体积小而薄，数量多而广，吐在地上，脚一踩，就与泥土合二而一，一个个地从泥土中抠出来，真是煞费苦心。捡不多久，就腰酸腿痛，气喘吁吁了。本来是想出来纳凉的，却带一身臭汗回家。但我们心里却是高兴的，我们为我们国家做了一件小到不能再小的事情。此外，我们也有"同志"。一位邻居是新华社退休老干部。他同我们一样，对这种现象看不下去。有一次，我们看到他赤手空拳搜捡垃圾。吾道不孤，我们更高兴了。

中华民族是伟大的民族，这一点，全世界谁也不敢否认。可是，到了今天，由于种种原因，一部分人竟然沦落到不知什么是公德，实在是给我们脸上抹黑。现在许多有识之士高呼提高人民素质，其中当然也包括道德素质。这实在是当务之急。

2002 年 5 月 28 日

公德（二）

已经写了两篇《公德》，但言犹未尽，再添上一篇。

改革开放以来,我国经济发展了,人民生活水平提高了,钱包鼓起来了。于是就要花钱。花钱花样繁多,旅游即其中之一。于是空前未有的旅游热兴起来了。国内的泰山、长城、黄山、张家界、九寨沟、桂林等逛厌了,于是出国,先是新、马、泰,后又扩大到欧美。大队人马出国旅游,浩浩荡荡,猗欤休哉!

我是赞成出国旅游的。这可以开阔人们的眼界,增长人们的见识,有百利而无一弊。而且,我多年来就有一个想法:西方人对中国很不了解。他们不懂"士别三日,当刮目相看"的道理,至今仍顽固抱住"欧洲中心主义"不放。这大大地不利于国际的相互了解,不利于人民之间友谊的增长。所以我就张皇"送去主义",你不来拿,我就送去。然而送去也并不容易。现在中国人出国旅游,不正是送去的好机会吗?

然而,一部分中国游客送出去的不是中国文化,不是精华,而是糟粕。例子繁多,不胜枚举。我干脆做一次文抄公,从《参考消息》上转载的香港《亚洲周刊》上摘抄一点,以概其余。首先我必须声明一下,我不同意该刊"七宗罪"的提法。这只是不顾国格,不讲公德,还不能上纲到"罪"。这七宗是:

第一宗:脏。不讲公德,乱扔垃圾。拙文《公德(一)》讲的就是这个问题。

第二宗:吵。在飞机上,在火车上,在餐厅中,在饭店里,大声喧哗。

第三宗:抢。不守规则,不讲秩序,干什么都要抢先。

第四宗:粗。不懂起码的礼貌,不会说:"谢谢!""对不起。"

第五宗:俗。在大饭店吃饭时,把鞋脱掉,赤脚坐在椅子上,或盘腿而坐。

第六宗:窘。穿戴不齐,令人尴尬。穿着睡衣,在大饭店里东奔西逛。

第七宗：泼。遇到不顺心的事，不但动口骂人，而且动手打人。

以上七宗，都是极其概括的。因为，细说要占极多的篇幅。不过，我仍然要突出一"宗"，这就是随地吐痰，我戏称之为"国吐"，与"国骂"成双成对。这是中国相当大一部分人的痼疾，屡罚不改。现在也被输出国外，为中国人脸上抹黑。

处在这种情况下，我们应该怎么办呢？想改变以上几种弊端，是长期的工作，国内尚且如此，何况国外。我们决不能因噎废食，停止出国旅游。出国旅游还是要继续的。能否采取一个应急的办法：在出国前，由旅游局或旅行社组织一次短期学习，把外国习惯讲清，把应注意的事项讲清。或许能起点作用。

2002 年 5 月 30 日

公德（三）

已经写了三篇《公德》，但仍然觉得不够。现在再写上一篇，专门谈"国吐"。

随地吐痰这个痼疾，过去已经有很多人注意到了。记得鲁迅在一篇杂文中，谈到旧时代中国照相，常常是一对老年夫妇，分坐茶几左右，几前置一痰桶，说明这一对夫妇胸腔里痰多。据说，美国前总统访华时，特别买了一个痰桶，带回了美国。

中国官方也不是没有注意到这个现象。很多年以前，北京市公布了一项罚款的规定：凡在大街上随地吐痰者，处以五毛钱的罚款。有一次，一个人在大街上吐痰，被检查人员发现，立刻走过来，向吐痰人索要罚款。那个人处变不惊，立刻又吐一口痰在地上，嘴里说："五毛钱找钱麻烦，我索性再吐上一口，凑足一元钱，公私两利。"这个故事真实性如何，我不是亲身经历，不敢确说，但是流传得纷纷扬扬，我宁信其有，而不信其无。

也是在很多年以前，北大动员群众，反击随地吐痰的恶习。没有听说有什么罚款。仅在学校内几条大马路上，派人检查吐痰的痕迹，查出来后，用红粉笔圈一个圆圈，以痰迹为中心。这种检查简直易如反掌，隔不远，就能画一个大红圈。结果是满地斑斓，像是一幅未来派的图画。

结果怎样呢？在北京大街上照样能够看到和听到，左右不远，有人吭咔一声，一团浓痰飞落在人行道上，熟练得有如大匠运斤成风，北大校园内也仍然是痰迹斑驳陆离。

我们中华民族是伟大的民族，是英勇善战的民族，我们能够以弱胜强，战胜了武装到牙齿的外敌和国内反动派，对像"国吐"这样的还达不到癣疥之疾的弊端竟至于束手无策吗？

更为严重的是，最近几年来，国际旅游之风兴。"国吐"也随之传入国外。据说，我们近邻的一个国家，为外国游人制定了注意事项，都用英文写成，独有一条是用汉文："请勿随地吐痰！"针对性极其鲜明。但决非诬蔑。我们这一张脸往哪里摆呀！

治这样的顽症有办法没有呢？我认为，有的。新加坡的办法就值得我们参考。他们用的是严惩重罚。你要是敢在大街上吐一口痰，甚至只丢一点垃圾，罚款之重让你多年难忘。如果在北京有人在大街上吐痰，不是罚五毛，而是罚五百元，他就决不敢再吐第二口了。但这要有两个先决条件：一是耐心的教育，不厌其烦地说明利害，苦口婆心。二是要有国家机关、法院和公安局等的有力支持，决不允许任何人耍赖。实行这个办法，必须持之以恒，而且推向全国。用不了几年的时间，"国吐"这种恶习就可以根除。这是我的希望，也是我的信念。

2002年6月4日

谈 孝

孝，这个概念和行为，在世界上许多国家中都是有的，而在中国独为突出。中国社会，几千年以来就是一个宗法伦理色彩非常浓的社会，为世界上任何国家所不及。

中国人民一向视孝为最高美德。嘴里常说的，书上常讲的三纲五常，又是什么三纲六纪，哪里也不缺少父子这一纲。具体地应该说"父慈子孝"是一个对等的关系。后来不知道是怎么一来，只强调"子孝"，而淡化了"父慈"，甚至变成了"天下无不是的父母"。古书上说："身体发肤，受之父母。"一个人的身体是父母给的，父母如果愿意收回去，也是可以允许的了。

历代有不少皇帝昭告人民："以孝治天下。"自己还装模作样，尽量露出一副孝子的形象。尽管中国历史上也并不缺少为了争夺王位导致儿子弑父的记载，野史中这类记载就更多。但那是天子的事，老百姓则是绝对不能允许的。如果发生儿女杀父母的事，皇帝必赫然震怒，处儿女以极刑中的极刑：万剐凌迟。在中国流传时间极长而又极广的所谓"教孝"中，就有一些提倡愚孝的故事，比如王祥卧冰、割股疗疾等等都是迷信色彩极浓的故事，产生了不良的影响。

但是中华民族毕竟是一个极富于理性的民族，就在已经被视为经典的《孝经·谏诤章》中，我们可以读到下列的话：

昔者，天子有诤臣七人，虽无道，不失其天下；诸侯有诤臣五人，虽无道，不失其国；大夫有诤臣三人，虽无道，不失其家；士有诤友，则身不离于令名；父有诤子，则身不陷于不义。故当不义，则子不可以不诤于父，臣不可以不诤于君；故当不义，则诤之，从父之令，又焉得为孝乎？

这话说得多么好呀，多么合情合理呀！这与"天下无不是的父母"这一句话形成了鲜明的对立。后者只能归入愚孝一类，是不足取的。

　　到了今天，我们应该怎样对待孝呢？我们还要不要提倡孝道呢？据我个人的观察，在时代变革的大潮中，孝的概念确实已经淡化了。不赡养老父老母，甚至虐待他们的事情，时有所闻。我认为，这是不应该的，是影响社会安定团结的消极因素。我们当然不能再提倡愚孝；但是，小时候父母抚养子女，没有这种抚养，儿女是活不下来的。父母年老了，子女来赡养，就不说是报恩吧，也是合乎人情的。如果多数子女不这样做，我们的国家和社会能负担起这个任务来吗？这对我们迫切要求的安定团结是极为不利的。这一点简单的道理，希望当今为子女者三思。

1999年5月14日

谈礼貌

眼下，即使不是百分之百的人，也是绝大多数的人，都抱怨现在社会上不讲礼貌。这完全有事实做根据的。前许多年，当时我腿脚尚称灵便，出门乘公共汽车的时候多，几乎每一次我都看到在车上吵架的人，甚至动武的人，起因都是微不足道的：你碰了我一下，我踩了你的脚，如此等等。试想，在拥拥挤挤的公共汽车上，谁能不碰谁呢？这样的事情也值得大动干戈吗？

曾经有一段时间，有关的机关号召大家学习几句话："谢谢！""对不起！"等等，就是针对上述的情况而发的。其用心良苦，然而我心里却觉得不是滋味。一个有五千年文明的堂堂大国竟要学习幼儿园孩子们学说的话，岂不大可哀哉！

有人把不讲礼貌的行为归咎于新人类或新新人类。我并无资格成为新人类的同党，我已经是属于博物馆的人物了。但是，我却要为他们打抱不平。在他们诞生以前，有人早著了先鞭。不过，话又要说回来。新人类或新新人类确实在不讲礼貌方面有所创造，有所前进，他们发扬光大这种并不美妙的传统，他们（往往是一双男女）在光天化日之下，车水马龙之中，拥抱接吻，旁若无人，洋洋自得，连在这方面比较不拘细节的老外看了都目瞪口呆，惊诧不已。古人说："闺房之内，有甚于画眉者。"这是两口子的私事，谁也管不着。但这是在闺房之内的事，现在竟几乎要搬到大街上来，虽然还没有到"甚于画眉"的水平，可是已经很可观了。新人类还要新到什么程度呢？

如果一个人孤身住在深山老林中，你愿意怎样都行。可我们是处在社会中，这就要讲究点人际关系。人必自爱而后人爱之。没有礼貌是目中无人的一种表现，是自私自利的一种表现，如果这样的人多了，必然产生与社会不协调的后果。千万不要认为这是个人小事而掉以轻心。

现在国际交往日益频繁，不讲礼貌的恶习所产生的恶劣影响，已经不局限于国内，而是会流布全世界。前几年，我看到过一个什么电视片，是由一个意大利著名摄影家拍摄的，主题是介绍北京情况的。北京的名胜古迹当然都包罗无遗，但是，我的眼前忽然一亮：一个光着膀子的胖大汉骑自行车双手撒把，做打太极拳状，飞驰在天安门前宽广的大马路上，给人的形象是野蛮无礼。这样的形象并不多见，然而却没有逃过一个老外的眼光。我相信，这个电视片是会在全世界都放映的。它在外国人心目中会产生什么影响，不是一清二楚了吗？

最后，我想当一个文抄公，抄一段香港《大公报》上的话："富者有礼高贵，贫者有礼免辱，父子有礼慈孝，兄弟有礼和睦，夫妻有礼情长，朋友有礼义笃，社会有礼祥和。"

2001 年 1 月 29 日

文字之国

记得鲁迅先生曾批评中国是文字之国,虽然"文字之国"含义颇为宽泛,我基本上是同意鲁迅的意见的。

试想在旧社会,有一种比较普遍的信仰:敬惜字纸。意思就是,凡是写上了字的纸,都不能随便乱丢乱扔,更不许踩在脚下,原因大概是字是圣人创造的神物,必须尊敬。连当年的遍野的文盲,对此也坚决遵守,不敢或违。今天的青年人大概很少有人知道这种情况了。

还有一种现象,南方城市我不清楚,在北方的许多城市中,往往是在偏僻的陋巷里,墙上嵌着一块石碑,上书"泰山石敢当",据说能驱逐恶鬼。夜行僻巷,阒静无人,心惊胆战,欲呼无人,只要看到这样一块石碑,胆子立即壮了起来,用不着自己故意高声歌唱了。

到了今天,早已换了人间,上述的情况已经消泯得无影无踪。然而文字之国,积习照旧。最常见的一个现象就是,地无分南北,城不论大小,衙门不管大小,商店不分高低,都在引人注目的地方高悬着五个金光闪闪的大字:为人民服务。内容是绝对正确的,用意是极端美好的。然而实际情况怎样呢?在很多——不是所有的情况下,仿佛这五个大字一经书写,立即通过某种神力变成了实际行动。在当年红宝书盈满天下的年代里,这五个字或许能产生某种力量，因为当时许多人确实怀着极为虔诚的信仰，诚则灵，因而能产生实际效果。到了今天，对一些人来说已经产生了信仰危机，这五个字的威力就必须大打折扣了。很多地方，在为人民服务的招牌下，干着违反人民利益的勾当，衙门搞官僚主义，商店出售假冒伪劣商品，圆融无碍，处之泰然，反正"为人民服务"的招牌已经打出去了，一了百了了。

还有一个现象，我觉得，也应归入这个范畴。在燕园里有许多大大小小的池塘，塘中有鱼，鱼虾无言，塘边成蹊，捉虾垂钓者颇多。学校于是派人竖立了一个白牌，上书"禁止垂钓"几个红色大字。但是，竖立后几年以来，我几乎每天都看到有人在塘边钓鱼，垂数年之久，从未有人过问。垂钓者手持最新式的珍贵的钓竿，巍然坐在马扎上，口含香烟，神情安怡，就正在"禁止钓鱼"的红字白牌的下面，成为燕园一景。在这里，已同上面提到的"泰山石敢当"相反。前者只须写上了一个人（？）名，就能吓退恶鬼。这里写上了具体的内容，却吓不退一个活人。活人的威力真已大矣，恶鬼大概十分羡慕吧。

类似的情况还可以举一大堆来，政府令不行禁不止的情况也所在多有。我只有一个希望：文字与行动并举。否则，我们国家的前进会受到极大的阻碍。

1999 年 3 月 18 日

略说中国传统文化及其特点

说在中国传统文化的宝库中,中国传统道德是最重要的一部分内容,这话完全正确。因为从世界各国来看,像中国这样几千年如一日重视伦理道德的还没有第二个国家。什么叫中国传统道德?或者说中国传统道德有哪些内容呢?这个问题很复杂,每个人的回答都可能不一样。我讲讲自己的看法,我想这里面起码应包括这么几部分内容。

第一,正如我的老师——清华大学陈寅恪教授曾经说过的,《白虎通》当中的"三纲六纪"是中国文化的精华。什么叫"三纲"呢?就是君臣、父子、夫妇。他讲的当然是君为臣纲,父为子纲,夫为妻纲。这里边有糟粕,如夫妻应该是平等的,怎么男人成了女人的纲了呢?这个我们先不讲它。"六纪",一是诸父,就是父亲的兄弟姊妹;二是兄弟;三是族人;四是诸舅,就是母亲家的人;五是师长;六是朋友。他说,这"三纲六纪"是中国文化的中心,我看他的话很有道理。因为人类自有社会以来,必然要有一种规则来维系,不然的话社会就会乱七八糟。现在马路上为什么要有交通警?为什么要有红绿灯?这就是一种规则,一种规章制度,要求大家都来遵守,这样社会生活才能进行。要是没有这些规则,社会生活就不能进行。《白虎通》的"三纲六纪",把当时社会所有的人际关系都规定了。

第二，我们的文化还有一个提法，是我们的特点，就是"格、致、正、诚、修、齐、治、平"。意思就是格物、致知、正心、诚意、修身、齐家、治国、平天下八个步骤。先从自己开始格物，就是了解事物，了解以后致知，把规律找出来，正心、诚意就不用讲了，修身就是修自己，然后齐家，把家治好，然后再治国，治国以后是平天下，就是从个人内心一直到天下。那么，什么叫国，什么叫天下呢？在周代来讲，像齐国、燕国、郑国等国是国，天下则指整个周代的中国。现在像中国、日本叫国，天下就是世界。个人要从内心出发，正心、诚意，一直推到治国、平天下。这套系统的步骤，属于伦理道德范畴，也属于政治范畴，是其他任何国家所没有的。

第三，"礼义廉耻，国之四维"。就是说，礼义廉耻是国家的四个支柱。除了这个提法外，古人还提出了"孝悌忠信，礼义廉耻"等说法，意思都差不多。

上述三个方面是古代伦理道德最先最主要的内容。懂得了这三个方面的内容，大体就了解了中国伦理道德最基本的内容。我们的道德伦理又全面又有体系，其他的内容当然就多了，需要写一部中国伦理学史来阐述。

中国传统道德是中国传统文化当中最精华的内容，它在世界人类文明遗产中的特殊性非常之明显。为什么这么说呢？因为世界上任何国家，从古希腊一直到古印度，尽管每个国家都有自己的道德规范，每个民族都有自己的道德规范，可是内容这么全面、年代这么久远、涉及面这么广泛的道德规范，在全世界来看，中国是唯一的。现在中国周围这些国家，像日本、韩国、越南等，有一个名词叫汉文化圈，属于汉文化圈的国家基本上都受我国的影响。

我们一向讲中国是四大文明古国之一。现在我们的考古发现越多，就越证明我们的历史长久。随着考古学的不断进步，我估计将来考古发现不但有夏、有禹，一定还会有更古的尧、舜，还要往上发展。总而言之，我的看法是考古发现越多，我们的历史越长。这是从形成的历史时间看。

那么从具体内容上看，我们民族的特点就更明显了。

比如"孝"这个概念，"三纲五常"里面都有。除了中国以外，全世界各国都没有这么具体。何以证之呢？可以看一看欧洲现在社会的情况跟我们做比较。当然现在青年人也不像以前那样愚忠愚孝，"割肉疗母"我们也不提倡，可是就拿眼前来讲，我们中国的青年人还是比世界各国的要孝得多，虽然程度不如以前了。我是研究语言的，有件事很有意思：把"孝"这个词翻译为英语，用一个词翻译不出来，得用两个词。什么原因呢？因为虽然不能说外国没有孝，但是孝并非作为一个很重要的概念，所以译过去就得用两个词。英文里面两个什么词呢？就是儿女的"虔诚"与"尊敬"，而在中文中光一个"孝"就够了。这就说明"孝"这个词有中国的特点。

我认为中国伦理道德中有两点值得提倡，第一点是讲气节、骨气。一个人要有骨头。我们现在不是还讲解放军硬骨头六连吗？文章也讲风骨。骨头本来是讲一种生理的东西，用到人身上，就是指人要讲气节。孟子就讲富贵不能淫，贫贱不能移，威武不能屈，此之谓大丈夫。富贵我们也不怕，贫贱我们也不怕，威武我们也不怕，这在别的国家是没有的。就是说作为一个人，我有我的人格，顶天立地，不管你多大的官，多么有钱，你做得不对我照样不买你的账。例子很多。《三国演义》里有个祢衡敢骂曹操，不怕他能杀人。近代的章太炎，他就敢在袁世凯住进中南海称帝时，到中南海新华门前骂袁称帝。这种骨气别的国家也不提倡。"骨气"这个词也不好译，翻成英文也得用两个词：道德的"反抗的力量"或者"不屈不挠的力量",我们用一个"气节""骨气",多么简洁明了。我们中国的小说中,随便看看,都有像祢衡这样的人。我们为什么崇拜包公?就是因为他威武不能屈。皇帝掌握生杀大权,但皇帝做错了包公照样不买账;达官显贵虽然有钱有势,包公也照样不买账。这种品行外国是不提倡的。

我常对年轻人讲,不仅在国内要有人格,不能一见钱就什么都不讲了,出国也要有国格,不能忘记自己是中国人,不能忘记国格。

第二点是爱国主义。世界上真正提倡爱国主义的是中国。比如苏武北海牧羊而气节不改的故事,连小孩都知道。写《满江红》的抗金英雄岳飞,他的爱国精神更是历代传诵,后人在杭州西湖边专给他盖了一座庙。又如文天祥,谁都知道他的名言"人生自古谁无死,留取丹心照汗青",全国都有他的祠堂。近代、现代的爱国英雄也多得很,如抗日战争中的张自忠、佟麟阁等等。

当然,我们讲爱国主义要分场合,例如抗日战争里,我们中国喊爱国主义是好词,因为我们是正义的,是被侵略、被压迫的。压迫别人、侵略别人、屠杀别人的"爱国主义"是假的,是军国主义、法西斯。所以我们讲爱国主义要讲两点:一是我们决不侵略别人,二是我们决不让别人侵略。这样爱国主义就与国际主义、与气节联系上了。

关于中国传统道德在世界文明史中的地位问题,我想最好先举例来说明。大家都知道《歌德谈话录》这本书,在1827年1月30日歌德与埃克曼的谈话录中,歌德说,我今天看了一本中国的书:《好逑传》。中国人了不起,在中国人眼中,人跟宇宙合二为一(这是我这几年宣传的人与大自然和谐),男女谈情说爱,相互彬彬有礼，那么和谐、和睦，这个境界我们西方没有。可以说，《好逑传》在中国文学史上最多与《今古奇观》处在一个水平上，甚至中国文学史也不会写它。可是传到欧洲，当时欧洲文化的第一代表人歌德却大加赞美。但他是有根据的。虽然我国这类才子佳人题材的小说有些理想化，像《西厢记》。但是在当时的西方文化泰斗看来，起码中国作者心中的境界是很高的。歌德指出的这一点不是很值得我们回味吗？

我认为，从世界文化的发展趋向看，中国文化包括中国道德的精华，在21世纪的将来，会在人类精神文明的发展中，发挥更重要的作用。这是我所期望的。

1990 年

在德国——自己的花是让别人看的

爱美大概也算是人的天性吧。宇宙间美的东西很多，花在其中占重要的地位。爱花的民族也很多，德国在其中占重要的地位。

四五十年以前我在德国留学的时候，我曾多次对德国人爱花之真切感到吃惊。家家户户都在养花。他们的花不像在中国那样，养在屋子里，他们是把花都栽种在临街窗户的外面。花朵都朝外开，在屋子里只能看到花的脊梁。我曾问过我的女房东：你这样养花是给别人看的吧！她莞尔一笑说道："正是这样！"

正是这样，也确实不错。走过任何一条街，抬头向上看，家家的窗子前都是花团锦簇，姹紫嫣红。许多窗子连接在一起，汇成了一个花的海洋，让我们看的人如入山阴道上，应接不暇。每一家都是这样，在屋子里的时候，自己的花是让别人看的。走在街上的时候，自己又看别人的花。人人为我，我为人人。我觉得这一种境界是颇耐人寻味的。

今天我又到了德国，刚一下火车，迎接我们的主人问我："你离开德国这样久，有什么变化没有？"我说："变化是有的，但是美丽并没有改变。"我说"美丽"指的东西很多，其中也包含着美丽的花。我走在街上，抬头一看，又是家家户户的窗口上都种满了鲜花。多么奇丽的景色！多么奇特的民族！我仿佛又回到四五十年前去，我做了一个花的梦，做了一个思乡的梦。

1985 年 8 月 27 日

第五辑

有 所 思

我们要奉行"送去主义"

二十世纪二三十年代,鲁迅先生提出了"拿来主义"的主张。我们中国人,在整个二十世纪,甚至在二十世纪以前,确实从西方国家拿来了不少的西方文化的精华,这大大地推动了我们教育、文化、科研,甚至政治、经济等方面的发展,提高了我们的文化水平,丰富了我们的物质生活和精神生活。这是一个历史事实,谁也无法否认。当然,伴随着西方文化的精华,我们也拿来了不少的糟粕。这是不可避免的,有时候精华与糟粕是紧密相连的。

十几年前,也就是在上一个世纪的最后一段时间内,我曾提出了一个主张"送去主义"。拿来与送去是相对而言的。我的意思是把中国文化的精华送到西方国家去,尽上我们的国际主义义务。我的根据何在呢?

我们中华民族是伟大的民族,在过去几千年的历史上,我们有过许多重要的发明创造,四大发明是尽人皆知的,无待赘言。至于无数的看来似乎是细微的发明,也出自中国人之手,其意义是决不细微的。我只介绍一部书,大家一看便知,这部书是:阿里·玛扎海里的《丝绸之路》。至于李约瑟的那一部名著,几乎尽人皆知,用不着我再来介绍了。如果没有中国的四大发明,人类社会的进步,人类文化的发展,将会推迟几百年,这是世界上有点理智的人们的共识,决不是我一个人的"老王卖瓜"也。

然而，日往月来，星移斗转，近几百年以来，西方兴起了产业革命，科学技术的发展突飞猛进，在不太长的时间内，影响遍及全世界。当年歌德提出了一个"世界文学"的想法，我们现在眼前却确有一个"世界文化"。最早的殖民主义国家，靠坚船利炮，完成了资本主义原始积累的任务。后来的帝国主义国家，靠暂时的科技优势，在地球村中，为非作歹，旁若无人，今天制裁这个国家，明天惩罚那个国家，得意洋洋，其劣根性至今没有丝毫改变。在这样的情况下，在西方，除了极少数有识之士外，一般人大抵都以"天之骄子"自命，认为宇宙间从来就是如此，今后也将万岁千秋如此，真正是"其愚不可及也"。他们颇有点类似中国旧日的皇帝，认为自己什么都有，无所求于任何其他民族。据说，西方某个大国中，有知识的人连鲁迅这个名字都没有听说过。其极端者甚至认为中国人至今还在吃鸦片、梳辫子、裹小脚。真正让人啼笑皆非，这样的"文明人"可笑亦复可怜！

现在屈指算来，西方以及世界其他国家已经从中华民族优秀文化中拿走了不少优秀的精华，他们学习了，应用了，收到了效果，获得了利益。但是，仍然有许多精华，他们没有拿走，比如中国传统的伦理道德，其中有糟粕，也有精华，其精华部分对世界人民处理天人关系、人与人的关系，以及个人心中感情思想中的矛盾时会有很大的助益。眼前全世界都大声疾呼的环保问题实际上是西方人"征服自然"的恶果，中国的"天人合一"的思想，如能切实行之，必能济西方之穷。我们眼前，由于人所共知的原因，科技在某些方面确实落后于西方。但是，我们也不能说是一点创造发明都没有，一点先进的东西都没有，比如改革开放，由计划经济转入市场经济而获得成功，对世界上其他国家就很有借鉴的价值。

这些东西如珠子在前，可人家，特别是西方人，却偏不来拿。

怎么办呢？你不来拿，我们就送去。

我们首先要送去的就是汉语。"射人先射马，擒贼先擒王。"汉语是"王"。中华民族的优秀文化大部分保留在汉语言文字中。中华民族古代和现代的智慧，也大部分保留在汉语言文字中。中国人要想弘扬中华民族的优秀文化，外国人要想学习中华民族的优秀文化，都必须首先抓汉语。为了增强中外文化交流，为了加强中外人民的理解和友谊，我们首先必抓汉语。因此，我们要奉行"送去主义"，首先送出去的也必须是汉语。

此外，汉语本身还具备一些其他语言所不具备的优点。五十年代中期，我参加了中共八大翻译处的工作。在几个月的工作过程中，我逐渐发现了一个从来没有人提到过的现象，这就是：汉语是世界上最短的语言。使用汉语，能达到花费最少最少的劳动，传递最多最多的信息的目的。我们必须感谢我们的祖先，他们给我们留下了汉语言文字这一瑰宝。过去的几千年，我们在这里暂且不谈。仅就目前将近十二亿的使用汉语言文字的人来说，他们在交流思想，传递信息方面所省出来的时间简直应该以天文数字来计算。汉语之功可谓大矣。

从前听到有人说过，人造的世界语，不管叫什么名称，寿命都不会太长的。如果人类在未来真有一个世界语的话，那么这个世界语一定会是汉语的语法和英文的词汇。洋泾浜英语就证明了这一点。这种说法虽然近乎畅想曲，近乎说笑话，但其中难道一点道理都没有吗？

说来说去，一句话：我们要奉行"送去主义"。这既有政治意义，也有学术意义。我首先要送出去的就是汉语言文字。在这样的考虑下，我对张德鑫同志主编的论文选不能不呈献上我最诚挚的谢意。

2000 年 1 月 11 日

中国青年与现代文明

当前中国青年正面对着一个新的世纪末,20世纪的世纪末。

所谓世纪和与之相联系的"世纪末",完全是人为地造成的,与人类社会的发展没有任何必然的联系。但是,上一个世纪末,19世纪的世纪末,世界上,特别是文化中心的欧洲,却确实出现了一些特异的现象,在意识形态领域里更为显著,比如文学创作之类。

到了今天,一百年过去了,另一个世纪末又来到了我们眼前。世界形势怎样呢?有目共睹,世界上,特别是在欧洲,又出现了一些特异的,甚至令人震惊的事件。在政治方面,存在了七八十年的苏联突然解体了,东欧国家解体的解体,内讧的内讧,等等,等等。在经济方面,人们也碰到了困难。难道这还不足以引起人们的深思吗?

在寰球激荡中,我们中国相对说来是平静的。这正是励精图治,建设我们国家的大好时机。但是,有一些现象也不容忽视,我指的是社会风习方面。在这方面,并不是毫无问题的。有识之士早已悫然忧之,剀切认为,应当认真对待,不能掉以轻心。

在不良风气中,最使我吃惊的是崇洋媚外。这种极端恶劣的风气,几乎到处可见。我们中华泱泱大国过去的声威,现在不知哪里去了。我坚决反对盲目排外那种极端幼稚可笑的行动。从中华民族的历史上来看，我们的先民都是肯于、善于、敢于学习外国的好东西的，我们的民族文化之所以能够无远弗届历久不衰，其根源就在这里。到了今天，外国的好东西，特别是在科技方面的好东西，我们必须学习。不但现在学，而且将来也要学，这是毫无可疑的。然而眼前是什么情况呢？学习漫无边际，只要是外国东西，一律奉为至宝。给商品起名字，必须带点洋味，否则无人问津。中国美食甲天下，这一点"老外"都承认的，连孙中山先生都曾提到过。然而今天流行中国市面的却是肯德基、麦当劳、加州牛肉面、比萨饼。门市一开，购者盈万。从事涉外活动的某一些人，自视高人一等。在旧中国，"华人与狗，不许入内"，立这样的牌子的是外国侵略者。今天，在思想上，在行动上树立这样牌子的却是某一些中国人自己。

哀莫大于心死，我们某一些人竟沦落到这样可笑又可怜的地步了吗？

上面这种情况，你可以说是在新旧文明交替时代不可避免的。这话有几分道理，完全避免是不可能的。但是，听之任之，视而不见，也不见得是正确的做法。我们必须敢于面对现实，不屈服于这个现实，不回避这个现实。我认为，在这里，关键是提高我们的认识，提高我们对祖国文化以及西方文化的认识。我们要得到一种完全实事求是的、不偏不倚的、深刻而不是肤浅的认识。

尽人皆知，祖国文化是光辉灿烂的文化，对人类作出了极大的贡献。要完全实事求是地认识祖国文化，必须从宏观上来看，"风物长宜放眼量"，不能鼠目寸光，不能只看眼前。我国汉唐时期，文化广被寰球。我最近看到了一则报道。如果我没有记错的话，根据最新考古发掘的成果来看，唐代的长安（今西安）面积比现在大20倍。这简直是一个难以想象的数字。长安真是当年世界文化和经济的中心。万国商贾会萃于此，交流商品，交流文化。八方风雨会长安，其繁荣情况至少可以与今天的纽约、巴黎、柏林、东京相媲美，何其盛哉！

据我自己的思考，中国在外国人眼中失去光辉是从1840年鸦片战争开始的。在欧洲，17、18世纪不必说了。那时候流行的是"东化"，而不是今天的"西化"。一直到19世纪20年代，在1827年1月，欧洲最伟大的天才之一，德国最伟大的诗人，可以说是欧洲文化化身的歌德，在同埃克曼谈话时，还盛赞中国文化，盛赞中国伦理道德水平之高，认为远非欧洲所能比。仅仅在13年之后，到了1840年的鸦片战争，英国侵略者用大炮轰开了中国的国门，把鸦片送了进来，中国这一只貌似庞然大物的纸老虎被戳破了。从此中国的声望在只知崇拜武力的欧洲人眼中一落千丈。

在这以前，中国的某一些人，特别是那几位皇帝老子，以及一些贵族大臣，愚昧无知，以为自己真是居天下之中，自己真是真龙天子和天上的星宿下凡，坐井观天，不知天高地厚，骄纵狂妄，可笑不自量。可是，一旦当头棒加，昏眩了一阵以后，清醒过来，就变成了另外的人。对洋人五体投地，让洋人的坚船利炮吓得浑身发抖。上行下效，老百姓中也颇有一些人变成了贾桂。

旧社会有这种情况，是完全可以理解的。1949年建国以后，中国人民真正站起来了。有相当长的一段时间，中国人自尊自爱，精神状态是正常的、健康的。中间几经变乱，特别是"十年浩劫"，把中国人的思想又搞乱了。到了今天，就发展成了我上面说的那种情况。岂不大可哀哉！

我们究竟怎样看待西方文明呢？首先我们对人类历史上文明或文化的发展，有一个正确的看法。人类历史的发展告诉我们，任何时代，任何国家的文明都不是一成不变的。它们都有一个诞生,成长,繁荣,衰微,消逝的过程。这是一个客观规律,是不以人的主观意志为转移的。中国文明如此,西方文明也是如此。

在欧洲,自从文艺复兴以后,随着资本主义的萌芽和发展,文化也逐渐发展起来。不管是在科学技术领域里,还是在文学艺术领域里,西方人都获得了极其辉煌的空前的成就,他们把人类文化推到了一个崭新的阶段上。一直到今天,西方文化还占有垄断的地位。世界各国,包括我们国家在内,无不蒙受其影响。上而至于政治、经济、文学、艺术、哲学、教育等等,下而至于衣食住行各个方面,没有一个地方没有西方文化的烙印。西方资本主义和以后的帝国主义,对全世界弱小民族的剥削和压迫,我们当然也不会忘记。那是另一本账,我认为,可以与西方文化分开来算。

这样的西方文化是不是就能万岁千秋永远繁荣下去呢?根据我上面谈到的人类文化的发展规律,那是决不可能的。西方文化也会有一个盛极而衰的过程的。而且据我看,这个衰的过程已经露出了端倪。西方有识之士也已承认,自己的文化并非万能。自己的政治和经济问题,它也并不能解决。两次杀人盈野的大战都源于欧洲,就是一个具体的证明。有人主张,资本主义能够自我调节。这是事实,但是调节的作用是有限的,只能治标,不能治本。正如人们服食人参鹿茸,只能暂时生效,不能长生不老。

就连西方文化表现得最突出的自然科学方面,西方人,甚至一些东方人,认为那就是真理,可是有许多自然现象它仍然解决不了,比如中国的气功和特异功能,还有贵州傩文化的一些特异现象。把这些东西说得神乎其神,我并不相信。但是这些现象确实存在,却也无法否认。

摆在我们眼前的东西方文化的情况就是这样。人类文化的发展将何去何从呢?

我不搞意识形态的研究，探讨义理，非我所长。但是，近几年来，一些社会和自然现象逼着我思考一些问题。我觉得，一部人类文化史告诉我们，几千年来人类发展的文化不外两大体系，一个是东方文化，一个是西方文化。东方文化的基础是综合的思维模式，西方则是分析的思维模式。所谓"综合"，其核心是强调普遍联系，注重整体概念。用句通俗的话来说，就是"既见树木，又见森林"。拿治病来做个例子，头痛可以医脚。所谓"分析"，就是"只见树木，不见森林"，"头痛医头，脚痛医脚"。这只是一个极其概括的说法，百分之百纯粹的综合思维或分析思维是没有的。

此外，我还发现，在历史上，东西方文化的关系是"三十年河东，三十年河西"。以中国文化为基础的东方文化，曾在世界上占主导地位。资本主义兴起以后，西方文化逐渐取代了东方文化，垄断世界达数百年之久。现在似乎是渐渐成了强弩之末。济其穷者必然是而且也只有东方文化。

我的意思并不是让东方文化消灭西方文化。那是完全荒谬绝伦的。我只是想说，在西方文化的基础上，用综合的思维方式来纠正分析的思维方式的某一些偏颇之处，能够解决西方文化迄今无法解决的一些自然和社会问题，把人类文化推到一个更高的阶段。

这样一个艰巨的任务决非一代人或几代人在一两百年内就能完成的。我认为，下一个世纪就会是一个转折点。

今天的青年是迈向一个新世纪的一代新人，这个任务的开端工作就落在他们肩上。

1992 年 7 月 8 日

外国文学研究中的几个问题

今天我要讲的这些意见,是深思熟虑多年而形成的。当然不一定正确,因为水平有限,但有些方面或许对同志们有所帮助。

我讲的第一个大问题就是怎样提高研究外国文学的理论水平的问题。

首先要提高马列主义文艺理论水平,这是基本,不能动摇。我跟大家一样,也是解放后才学习马列主义的。我像好多知识分子出身的人一样,向马列主义学习,恐怕不是通过实践,而是通过理论,学习社会发展史,了解从原始社会到共产主义社会的发展史。我解放前没吃多少苦,没有"三忆三查",就是学习社会发展史,认识到人类社会不管多么曲折,但终究要实现共产主义。社会发展史告诉我,这条路绝没有错,是科学的,只不过是时间问题。我读过《资本论》、马克思主义的政治经济学,感到确实有说服力。在新中国要想搞文学的话,只有钻研马列主义文艺理论,学习马列主义经典著作,帮助我们弄清一些问题,只有靠这个,没别的办法。我还看过普列汉诺夫《没有地址的信》,感到他讲得很有道理,讲艺术起源、艺术的阶级性、艺术与劳动的关系。如果列宁不肯定普列汉诺夫,恐怕普列汉诺夫也没有今天的地位。我建议同志们看看这本书。还有德国梅林的文艺理论,我感到他讲得也不错,很有道理。我向在座的提一个要求,包括我自己在内，学习马列主义文艺理论，没有看过的，可以看，看过的，还可以再看，因为看理论书，一遍很难看懂。

第二，学习中国文艺理论。就我国的文艺理论来讲，历史悠久，水平相当高，能持之有据，言之成理，形成一个独立的体系，不愧是世界四大文明古国之一。中国文艺理论非常丰富，有现成的书：郭绍虞的《中国文学批评史》、罗根泽的《中国文学批评史》。另外如郭先生编的中国古代文论选和文艺选，同志们也可看一看。这里我特向你们推荐一本敏泽的《中国文艺理论批评史》。敏泽是中年人，他的书我看了，虽然资料不如郭老的多，但叙述得很有系统，中国文艺理论批评史讲得非常清楚。有一次我问朱光潜先生：你看敏泽的书怎么样？他讲：不错，另外呢，他的写法跟我们都不一样。我觉得这个好，他要是跟老一代都一样，就没有什么进步了，要的就是不一样。我没有意思贬低老一代，老一代有老一代的成就。可是我呢，我始终相信青出于蓝而胜于蓝，年轻一代超过我们，这是历史规律，你承认不承认都是这样。我认为九斤老太的思想是不行的，不符合事实。当然也不是说，年轻的同志不努力也比老的强，谁要说我比你年轻，不努力也比你强，就是一点自知之明也没有，将一事无成。另外我想，同志们如果有兴趣的话，最好读读中国古代文论：曹丕的《典论·论文》、陆机的《文赋》、唐朝司空图的《诗品》，特别是王国维的《人间词话》，里面每一段都不是长篇论文，但却讲了许多文艺理论，我相信你们看了以后一定爱不释手。《文心雕龙》在世界上声誉很高，日本人研究的比较多。我国有四川大学的杨明照先生，他是《文心雕龙》专家；还有范文澜先生，他是搞历史的，但在20年代初就搞过《文心雕龙》，我讲的这是老的。后来有年轻的，如王元化同志，他给我寄了一本《文心雕龙创作论》，我觉得非常精彩，看了以后，感到跟敏泽相似，也是中年人，近代文学的路子搞得跟老的不一样。去年在日本召开了一个国际讨论会，王元化去参加了，谈了他对《文心雕龙》的意见，为我们国家增了光。《文心雕龙》这本书的内容、主要理论，要搞清楚是很不容易的，需要几代人的努力，几代都要学习。

第三，学习西方文艺理论。西方文论从柏拉图、亚里士多德开始，在这之前也有。这里有一本书，同志们最好费点工夫看看：朱光潜的《西方美学史》。书一开头就研究古希腊，有些我们不知道，如有一个数学家毕达哥拉斯，他是自然科学家，也有文艺理论，我认为相当精彩，他从数学角度来讲。后来柏拉图也有，最后集大成者是亚里士多德，大家都知道。应该把朱先生的《西方美学史》看一遍，这本书不难懂。如看它一遍，再看一遍敏泽或是郭绍虞先生讲中国文学批评的书，两条腿走路，那就好了。我们的路子跟希腊很不一样。我的印象是，希腊一开始就讲文艺理论，而亚里士多德还有别的理论，多极了，因为是自然科学，跟他的整个哲学系统都有联系。他对问题分析很细，大概有名的是讲悲剧。希腊人一开始就讲悲剧喜剧。对悲剧，亚里士多德有一个很著名的理论，就是悲剧能够净化人的思想，净化灵魂。他分析悲剧的路子方法跟我们早期的文学批评家包括刘勰在内的《文心雕龙》不一样。中国的文艺理论分析不很细，而是给人印象。西方讲分析，而中国讲综合。后来到了唐朝，又讲神韵，特别是司空图的《诗品》，那里把诗分成二十四种意境或境界。后来有许多人讲神韵，说"不着一字，尽得风流"，大家都知道这个。我们讲文艺批评要神似、形似，形似就是形式、外表相似，我们要神似，精神相似。中国文论讲究韵，即神韵，讲究味。西方文论，从希腊开始，一直到今天，通过中世纪、文艺复兴，体系发展了，但同我们不一样。我们根据印象，如司空图的《诗品》都是些印象，什么雄浑、沉着、洗练、典雅、豪放、含蓄、婉约等等。中国文论史上，有的人主"神韵"，也有人主"性灵"，就是讲有"性灵"，就有好诗；王夫之的"性情"说，认为诗最重要的是性情。还有王国维的《人间词话》，他有"境界"说，认为有境界就是好诗，没有境界就不是好诗。如果没有接触欧美那一套，我一点也不怀疑；接触了，觉得我们的不易说清楚。你说什么叫"雄浑"，讲不出来。"性灵""神韵""境界"，哪一种文字也翻不出来，白话也翻不出来。王国维还有一说，讲"隔与不隔"，说不隔就是好诗，如"池塘生春草"，池塘里长出春来了。王认为"不隔"因为一看就懂，一点也没有隔阂。但用"谢家池塘"，用了典故，说春草，却不讲春草，用"谢家池塘"讲春草，这就隔了，不行。用一两个典故有什么了不起，说用典故就隔，这就绝对了。我们的这些名词，包括司空图的《诗品》，说不清楚。一看就懂，一问就糊涂。我觉得应把中国文艺理论这一套，用逻辑语言讲出来，不要形象。中国过去评论一个人，从后汉特别是到了南北朝，是根据人的形象，如"出水芙蓉"。可你说究竟什么是出水芙蓉？是好是坏，不好说。这是些比喻，把形象给你，你接受形象的人，形象在你脑筋里面活动，转成思辨，然后得出结论来。我看这有点玄乎。出水芙蓉，我们都懂，可是你理解的出水芙蓉，跟他人不一样，中间都要经过脑筋加工，怎么叫出水芙蓉，就是池塘里面长出一枝荷花，那一定是很美丽的、很挺直的。很形象，但说清楚很费劲。诗词讲究神韵，李白的诗，杜甫的诗，两个都是大诗人，可完全不一样，哪一首是李白的，哪一首是杜甫的，你看得出来，甚至诗的一开头，讲这么几句就知道是李还是杜了，但要突出其区别，就不容易了。我们用"雄浑"等，给你一个概念，让你自己去分析。我看，保留下来的这些东西，其中包括的内容，西方的文艺批评表达不出来，我们的就能表达出来，这是一个。另一个是囫囵吞枣，含含糊糊，不太精确。我们怎么把马列主义文艺理论、中国文艺理论，加上西洋文艺理论都吃透？要把这些东西说清楚很难。若能做到这一步，在世界就是先进的。有一个不妥的比喻：中西医的问题。中医能治病，针灸就很有效，但道理很玄乎。我倒不认为中医不科学，因为实践是检验真理的标准。我的意思是要把中国的这些概念说清楚，要提高理论水平才能把它说清楚。希望大家看一些书，如《歌德谈话录》。埃克曼是歌德的秘书，他每天都到歌德那儿去，歌德跟他聊天，这是一个有心人，把谈话内容全都记录下来，成了一部书。他举了一个例子：一天，歌德拿一幅油画给埃克曼看，问画得怎么样，埃看了说好极了，是伟大的作品。歌德又问，你看画里有没有问题？埃说，我看不出。那幅画的背景是一个太阳，中间站着一个人。歌德说，太阳在后面，人在这边，那么人的影子应在什么地方？如果太阳在那边，人在中间，影子应该在相反的一边，对吧？埃克曼说对的，那影子画错了。歌德说，为什么画错了而你看不出来。关于这个，他的解释也不一定对，他的解释似乎是：伟大作家能改变自然。我感到这有道理，歌德的思想非常有趣，他解释：艺术家以违反自然的东西画出来，可叫你看不出来，你说是不是伟大的作品？也不能说每部伟大的作品都这样，我的意思是希望同志们能够看一看《歌德谈话录》，你当看小说也行。还有莱辛的《拉奥孔》和《汉堡剧评》、海涅论浪漫主义、雨果论文学以及好多大作家论文学。这些确实与希腊是一个体系，总的来说，世界观是唯心主义的，但还是值得一看。关于歌德这个人，你扣他一顶完全唯心主义的帽子恐怕不行，他还有个讲法也很有意思，他研究植物说"花是叶子变的"，我们看了一辈子花也没有想出来花与叶子的关系是什么。我看高尔基论文艺，同志们也可读一读，并不费劲，疲倦时翻翻，可以解除疲劳，增加知识。还有一例，是朱光潜先生50年前上文艺心理学课时讲的，就是"为什么美"的问题。马列主义文艺理论似乎没有完整地接触这个问题。天下有美、有丑。我们研究语言文艺的，都有一个平凡的判断本能。在50年前，欧洲有一派文艺心理学家作出了解释，对不对是另外一回事。举个美国选电影明星的例子：他们在大木头杆上雕一个人形，让女孩子站在里面，要完全符合，不差一点，否则就扣分。要是进不去，就根本不行。另外，跳芭蕾舞，是很美的，不美没有人去看。可"四人帮"时期，强调阶级路线，芭蕾舞演员得从农民、工人里去找，这是江青的路线，后来行不通。因为农村姑娘要参加劳动，劳动有其美，农村姑娘一般都很康健，皮肤发红，也是美，这是另一种美。可你要她转圈不行。阶级路线贯彻不了。如果你找个老太太，体重三百磅，让她跳芭蕾舞，就没有人看。为什么现在我们的芭蕾舞很美，而三百磅老太太跳就不美，这就有个道理。奥地利心理学家李普斯的"感情移入"说就是我的感情移到自然界、客观事物上去。如我们看流云之泻，不让你在生理上感到负担，你就觉得美。当然还有静物，如泰山、黄山也很美。这是50年前资产阶级的东西，但起码可以让我们的脑筋开开窍。为什么美，我是不能解答这个问题，让资产阶级来解答，用心理学。李普斯和弗洛伊德一样是医生，他们不是瞎扯。今天的外国文艺理论流派我不清楚，但要是拜倒在它们的脚下，那是我们没有出息。可一概否认，既不了解，也不研究，也是行不通的。我们要了解，只要有机会，都可以研究，研究以后，才能决定拒绝还是接受哪一部分，这才是正确的。我认为现在有些人有点崇拜存在主义这个东西。特别是青年。可什么叫存在主义，并不清楚，抓住一点概念就以为是了，存在主义哪有那么简单。现在的文艺思潮，千奇百怪，恐怕二十年以后，剩不了几个。第一次世界大战后有好多主义，现在都没了。现在也是这样，千万不要迷信，包括意识流。还有朦胧诗，我是坚决反对的。我认为写朦胧诗的人有的接近骗子，看的人是傻子。文艺的目的是写出来给人看，要让人看懂，如果不让人懂，你就别写。

第四，印度文艺理论。印度文艺理论有两千多年的历史，是值得研究的。印度很有意思，他的文艺理论讲戏剧与舞蹈是一码事，如电影，没有一部电影不突然给你来个歌唱，载歌载舞。问印度人这是怎么回事，回答说：我们印度人的电影有两个条件，第一个要有歌舞，否则没人买票；第二个是长，四小时以下，这电影不行。我们也有，越剧也是载歌载舞，还有京剧、黄梅戏都有散文与诗词结合在一起的情况。欧洲没有这种情况。一次看欧洲的歌剧，发给我唱词，一晚上才两页唱词，它并不在乎内容，翻来覆去地唱这么几句，就像我们的戏《空城计》，内容早就熟知了，看了几十年，照样有人去看。要看情节，就得看《霍元甲》。外国的歌剧，也是重在听它的声音、音调，我们的《空城计》要看是谁唱的。

但是我们现在的话剧就不同，它是外来的。我问戏剧学院的一个人："话剧，农民接受不接受？"那人摇摇头。就拿北京的老百姓来说，他们喜欢看评剧。在戏剧方面，我是个外行，但外行有外行的好处，能看到内行看不出的问题，如话剧有没有个民族化的问题。开个玩笑，你请我去看话剧，我不如坐公共汽车，那里每个人都是演员，都进入角色：有骂架的，有谈话的，这要比剧场真实得多。当然，这么说有片面性。我总觉得印度在文艺理论方面有些不足，但有些地方很有趣。如他们的文艺理论书中有一个例子，是一个词，叫"恒河上茅屋"，有三种意思：一是当面的意思，不通。茅屋只能在河岸上，不能在河上；二是引申之意，即在恒河的边上；三是言外之意，意思是神圣安静，因为恒河是圣河，茅屋则表示安静，第三种意思是最高境界。这像我们的"言外之意"，欧洲人不讲这个，起码是不着重讲。我们中国，讲有个"味"，即你不直接讲，要有言外之意，让你琢磨琢磨，跟吃橄榄一样，回味方甘。在这上面，中国与印度相似。

关于文艺理论，我想讲这四方面。

第五，汉语问题。我希望同志们要学习古文。在座的年轻人都研究外国文学，要具有一定的汉语基础，这就是先背上二百首诗词，旧的；古文也背上几十篇。我不是吓唬同志们，你脑袋里没有几百首诗词，几十篇古文，要写文章，想有什么文采，那非常难。希望大家能补这一课。要多看一点古典文学作品，特别是小说。我推荐大家看《儒林外史》，在语言上，在中国古典小说里可与《红楼梦》媲美。这种书不要只看一遍，像《红楼梦》我起码看了七八遍。《邓小平文选》中有几篇谈到文艺，说要提高表现力，这很重要。你要翻译，就要有一点文采。原作是部好书，经你一翻，一点文采也没有，你对不起原作。文学的论文，逻辑性要讲，也应有点文采。《儒林外史》的表现力很强，用词达到出神入化。如它表现劳动人民不缠脚，用了"大着一双脚"，这个"大"字用得非常恰当，没有其他词可代替它。我们研究外国文学，是不是也有个提高表现力的问题。对外国文学，思想性可吸收的不是太多，而艺术性要吸收的则非常多。如《罗摩衍那》，其表现方法、表现力等，也有很多是值得我们学习的。我们研究外国文学是有目的的，这目的就是要提高表现能力。

第六，外语。千万不要只学一种，应像韩信将兵，多多益善。我们大家都要学英语，英语是世界性语言。我们知道德国人对自己的文化造诣有点自负：讲音乐，有贝多芬；讲文学，有歌德；自然科学也大有人在。可我1981年去德国访问时，我的老师，86岁了，是世界上搞梵文的权威之一，他送我几本书是用英文写的。要不是亲眼见，我是绝对不信的。这意思是德国人也承认今日英文的力量。用德文写，非洲去不了，印度也进不去，用英语写，就能走遍世界。希望同志们多学一点外语，最好学英语，这样写文章容易一些。

第七，知识面。搞文学，知识面非广不行。历史、地理、文化、社会、经济，你研究的国家的这些方面，都要知道。这我就不多讲了。

第八，要懂得科技。我们的同志最好学一学数学，要能使用电子计算机，现在这问题已提到日程上来了。我年纪大了，再学就困难了，也没有这个雄心壮志。但青年人应学点数学。一次北大开德国文学讨论会，一位同志带来一本文艺批评的书，很厚一本，里面全是数学公式。韩素音跟我讲："现在中国搞文学的，非用电子计算机不可。"在美国，电子计算机是家常便饭，人手一个，很方便。在内蒙古，《元朝秘史》蒙文本的词汇，已整本输入电子计算机内，现在他们研究《元朝秘史》蒙文本的语法等，就非常简单。而我们，查资料，卡片就一大堆。用电子计算机，一按，五分钟就全出来了。二次大战后，世界的形势飞跃发展，自然科学、社会科学飞速发展，我们中国落后了。新中国建国初期，我们的经济比日本要好得多，当时日本全垮了，现在怎么样呢？我1946年离开德国，那时那个国家全完了；前几年我又去，变化大极了，看起来那是了不起的。我们落后了，现在中央有这精神，要翻两番，这是很正确的。我们搞外国文学研究，首先应该认识到：你要是跟不上形势，就落后，落后就会挨打。我们要赶上去。希望青年同志要抓紧时间，不要光想着自己小家庭的现代化。我的家很简陋，当然我不反对在可能的情况下，把家庭搞得好一点，过得舒服些，但不要今天搞个三大件，明天又打个沙发，这样不行。有人说"时间就是金钱"，我说"时间就是生命"。别看我比你们中的一些人大 50 岁，可 50 年也是一晃就到。现在不努力，将来就后悔，这就是"少壮不努力，老大徒伤悲"。我现在就有点伤悲，小时候不如现在努力，现在比较努力，但毕竟老了。同志们一定要珍惜时间，最好在房里挂个牌，写上"闲谈不过五分钟"。

今天讲了许多，对象是青年同志，我就倚老卖老，有过头的话，请原谅，并请批评指正。

1984 年 5 月 7 日

附注：

上面这些想法，是我多少年来根据自己的观察而形成的，曾在不同的学校讲过多次，但是始终没有写成文字。这次在上海外院讲，也没有稿子，连详细提纲也没有。上面的记录稿是根据我的原话录音写成的。它基本上保留了我的原话。但是我的原话措词不够细致，逻辑性也不那么强。想要改写，我目前没有那个时间。只好就这样披头散发地送到读者面前。请读者同志们只理解讲话的基本内容，认为有可取之处的，则取之；认为无可取之处的，则弃之；认为荒谬的，则批评之。这就是我的愿望。

1984 年 6 月 6 日

漫谈消费

蒙组稿者垂青，要我来谈一谈个人消费。这实在不是最佳选择。因为我的个人消费决无任何典型意义。如果每个人都像我这样，商店几乎都要关门大吉。商店越是高级，我越敬而远之。店里那一大堆五光十色、争奇斗艳的商品，有的人见了简直会垂涎三尺，我却是看到就头痛，而且窃作腹诽：在这些无限华丽的包装内包的究竟是什么货色，只有天晓得，我觉得人们似乎越来越蠢，我们所能享受的东西，不过只占广告费和包装费的一丁点儿，我们是让广告和包装牵着鼻子走的，愧为"万物之灵"。

谈到消费，必须先谈收入。组稿者让我讲个人的情况，而且越具体越好。我就先讲我个人的具体收入情况。我在50年代被评为一级教授，到现在已经四十多年了，尚留在世间者已为数不多，可以被视为珍稀动物，通称为"老一级"。

在北京工资区——大概是六区——每月345元。再加上中国科学院哲学社会科学部委员，每月津贴一百元。这个数目今天看起来实为微不足道。然而在当时却是一个颇大的数目，十分"不菲"。我举两个具体的例子：吃一次"老莫"（莫斯科餐厅），大约一元五到两元，汤菜俱全，外加黄油面包，还有啤酒一杯。如果吃烤鸭，不过六七块钱一只。其余依次类推。只需同现在的价格一比，其悬殊立即可见。从工资收入方面来看，这是我一生最辉煌的时期之一。这是以后才知道的,"当时只道是寻常"。到了今天,"老一级"的光荣桂冠仍然戴在头上,沉甸甸的,又轻飘飘的,心里说不出是什么滋味。实际情况却是"昔人已乘黄鹤去,此地空余老桂冠"。我很感谢,不知道是哪一位朋友发明了"工薪阶层"这一个词儿。这真不愧是天才的发明。幸乎?不幸乎?我也归入了这一个"工薪阶层"的行列。听有人说,在某一个城市的某大公司里设有"工薪阶层"专柜,专门对付我们这一号人的。如果真正有的话,这也不愧是一个天才的发明,俗话说:"识时务者为俊杰。"他们都是不折不扣的"俊杰"。

我这个"老一级"每月究竟能拿多少钱呢?要了解这一点,必须先讲一讲今天的分配制度。现在的分配制度,同50年代相比,有了极大的不同,当年在大学里工作的人主要靠工资生活,不懂什么"第二职业",也不允许有"第二职业"。谁要这样想,这样做,那就是典型的资产阶级思想,是同无产阶级思想对着干的,是最犯忌讳的。今天却大改其道。学校里颇有一些人有种种形式的"第二职业",甚至"第三职业"。原因十分简单:如果只靠自己的工资,那就生活不下去。以我这个"老一级"为例,账面上的工资我是北大教员中最高的。我每月领到的工资,七扣八扣,拿到手的平均约七百至八百。保姆占掉一半,天然气费、电话费等等,约占掉剩下的四分之一。我实际留在手的只有三百元左右,我要用这些钱来付全体在我家吃饭的四个人的饭钱,这些钱连供一个人吃饭都有点捉襟见肘,何况四个人!"老莫"、烤鸭之类,当然可望而不可即。

可是我的生活水平,如果不是提高的话,也决没有降低。难道我点金有术吗?非也。我也有第×职业,这就是爬格子。格子我已经爬了六十多年,渐渐地爬出一些名堂来。时不时地就收到稿费,很多时候,我并不知道是哪一篇文章换来的。外文楼收发室的张师傅说："季羡林有三多，报纸杂志多，有十几种，都是赠送的；来信多，每天总有五六封，来信者男女老幼都有，大都是不认识的人；汇单多。"我决非守财奴，但是一见汇款单，则心花怒放。爬格子的劲头更加昂扬起来。我没有做过统计，不知道每月究竟能收到多少钱。反正，对每月手中仅留三百元钱的我来说，从来没有感到拮据，反而能大把大把地送给别人或者家乡的学校。我个人的生活水平，确有提高。我对吃，从来没有什么要求。早晨一般是面包或者干馒头，一杯清茶，一碟炒花生米，从来不让人陪我凌晨4点起床，给我做早饭。午晚两餐，素菜为多。我对肉类没有好感。这并不是出于什么宗教信仰，我不是佛教徒，其他教徒也不是。我并不宣扬素食主义。我的舌头也没有生什么病，好吃的东西我是能品尝的。不过我认为，如果一个人成天想吃想喝，仿佛人生的意义与价值就在于吃喝二字。我真觉得无聊，"斯下矣"，食足以果腹，不就够了吗？因此，据小保姆告诉，我们平均四个人的伙食费不过五百多元而已。

至于衣着，更不在我考虑之列。在这方面，我是一个"利己主义者"。衣足以蔽体而已，何必追求豪华。一个人穿衣服，是给别人看的。如果一个人穿上十分豪华的衣服，打扮得珠光宝气，天天坐在穿衣镜前，自我欣赏，他（她）不是一个疯子，就是一个傻子。如果只是给别人去看，则观看者的审美能力和审美标准，千差万别，你满足了这一帮人，必然开罪于另一帮人，决不能使人人都高兴，皆大欢喜。反不如我行我素，我就是这一身打扮，你爱看不看，反正我不能让你指挥我，我是个完全自由自主的人。

因此，我的衣服，多半是穿过十年八年或者更长时间的，多半属于博物馆中的货色。俗话说："人靠衣裳马靠鞍。"以衣取人，自古已然，于今犹然。我到大店里去买东西，难免遭受花枝招展的年轻女售货员的白眼。如果有保卫干部在场，他恐怕会对我多加小心，我会成为他的重点监视对象。好在我基本上不进豪华大商店，这种尴尬局面无从感受。

讲到穿衣服，听说要"赶潮"，就是要赶上时代潮流，每季每年都有流行型式或款式，我对这些都是完全的外行。我有我的老主意：以不变应万变。一身蓝色的卡其布中山装，春、夏、秋、冬，永不变化。所以我的开支项下，根本没有衣服这一项。你别说，我们那一套"三十年河东，三十年河西"的"哲学"，有时对衣着型式也起作用。我曾在解放前的1946年在上海买过一件雨衣，至今仍然穿。有的专家说："你这件雨衣的款式真时髦！"我听了以后，大惑不解。经专家指点，原来五十多年流行的款式经过了漫长的沧桑岁月，经过了不知道多少变化，现在又在螺旋式上升的规律的指导下，回到了五十年前的款式。我恭听之余，大为兴奋。我守株待兔，终于守到了。人类在衣着方面的一点小聪明，原来竟如此脆弱！

我在本文一开头就说，在消费方面我决不是一个典型的代表。看了我自己的叙述，一定会同意我这个说法的。但是，人类社会极其复杂，芸芸众生，有一箪食一瓢饮者；也有食前方丈，一掷千金者。绫罗绸缎、皮尔·卡丹、燕窝鱼翅、生猛海鲜，这样的人当然也会有的。如果全社会都是我这一号的人，则所有的大百货公司都会关张的，那岂不太可怕了吗？所以，我并不提倡大家以我为师，我不敢这样狂妄。不过，话又说了回来，我仍然认为：吃饭穿衣是为了活着，但是活着决不是为了吃饭穿衣。

1997 年第 4 期

一个值得担忧的现象——再论包装

我在这里写的"值得担忧",不限于中国,而是全世界。

我曾在本刊上写过一篇《论包装》的文章,内容主要是谈外面包装极大而里面的商品极小的问题。现在这一篇《再论包装》,主要谈的是外面包装和里面商品的价值问题。重点有所不同,而令人担忧则一也。

我先举一个小例子。

最近有友人从山东归来,带给我了一些周村烧饼。这是山东周村生产的一种点心。作料异常简单,只不过一点面粉、一点芝麻,再加上一点糖或盐,用水和好,擀成薄皮,做成圆饼,放在炉中烤干,即为成品,香脆可口,远近闻名,大概已经有几百年的历史了。因为成本极低,所以价钱不高。过去只是十个或八九个一摞,用白纸一包,即可出售。烧饼吃完,把纸一揉,变成垃圾,占地也不多。

常言道:"士别三日,当刮目相看。"岂知这一句话也能应用到周村烧饼身上。现在友人送给我的这些烧饼,完全换了新装,不是白纸,而是铁盒,彩绘烫金,光彩夺目。夥颐!我的老朋友阔起来了!我不禁大为惊诧。

在惊诧之余,我又不禁忧心忡忡起来。我不是经济学家,这里也用不着经济学。只草草地估算一下,那几个烧饼能值几个钱?这金碧辉煌的铁盒又能值多少钱?显然后者比前者要贵得多。可是哪一个有使用价值呢？又显然只是前者。烧饼吃下去，可以充饥，可以转变成营养成分，增强人的身体。铁盒，如果只有一两个的话，小孩子可以拿着玩一玩。如果是成千上万的话，却只能变成了垃圾，遭人遗弃。《论包装》中提到的那一些大而无当的包装，把其中小小的一点商品取出来后，也都成为垃圾。

这有点像中国古书上的一个典故："买椟还珠"。但是，这个典故不过是讥笑舍本逐末，取舍不当而已，那个椟还是有用的，决不会变成垃圾。

古代人生活简朴，没有多少垃圾，也决不会自己制造垃圾。到了今天，人类大大地进步了。然而却越来越蠢了，会自己制造垃圾，以致垃圾成为一个世界性问题。每一个国家的政府都为处理垃圾而大伤脑筋，至今也还没有能找到一个行之有效的办法。如此持续下去，将来的人类只能在垃圾堆里讨生活了。

但是，还有更严重的问题。人类衣、食、住、行的资料都取之于大自然。但是，小小的一个地球村里资源毕竟是有限的。当年苏东坡说："惟江上之清风，与山间之明月，耳得之而为声，目遇之而成色，取之无禁，用之不竭，是造物之无尽藏也。"东坡认为造物无尽藏，是不正确的。造物是有尽藏的，用之是有竭的。可惜到了今天，世人还多是浑浑噩噩，懵懵懂懂，毫无反思悔改之意。尤其是那一个以世界警察自居的大国，在使用大自然资源方面，肆无忌惮地浪费，真不禁令人发指。有识之士已经感觉到，人类已经是"盲人骑瞎马，夜半临深池"，但感觉到这种危险者不多。这是事实，并不是我一个人的杞忧。

我希望有聪明智慧的中国人，悬崖勒马，改弦更张，再也不制造那一种大而无当的商品包装和那种金碧辉煌的商品铁盒，给我们的子孙后代多留下一点大自然的资源。

2002 年 5 月 10 日

漫谈出国

当前,在青年中,特别是大学生中,一片出国热颇为流行。已经考过托福或 GRE 的人比比皆是,准备考试者人数更多。在他们心目中,外国,特别是太平洋对岸的那个大国,简直像佛经中描绘的宝渚一样,到处是黄金珠宝,有四时不谢之花,八节长春之草,宛如人间仙境,地上乐园。

遥想六七十年前,当我们这一辈人还在念大学的时候,也流行着一股强烈的出国热。那时出国的道路还不像现在这样宽阔,可能性很小,竞争性极强,这反而更增强了出国热的热度。古人说:"凡所难求皆绝好,及能如愿便平常。""难求"是事实,"如愿"则渺茫。如果我们能有"前知五百年,后知五百年"的神通,我们当时真会十分羡慕今天的青年了。

但是,倘若谈到出国的动机,则当时和现在有如天渊之别。我们出国的动机,说得冠冕堂皇一点就是想科学救国;说得坦白直率一点则是出国"镀金",回国后抢得一只好饭碗而已。我们绝没有幻想使居留证变成绿色,久留不归,异化为外国人。我这话毫无贬义。一个人的国籍并不是不能改变的。说句不好听的话,国籍等于公园的门票,人们在里面玩够了,可以随时走出来的。

但是,请读者注意,我这样说,只有在世界各国的贫富方面都完全等同的情况下,才能体现其真实意义。直白地说就是,人们不是为了寻求更多的福利才改变国籍的。

可是眼前的情况怎样呢?眼前是全世界国家贫富悬殊有如天壤,一个穷国的人民追求到一个富国去落户,难免有追求福利之嫌。到了那里确实比在家里多享些福;但是也难免被人看作第几流公民,嗟来之食的味道有时会极丑恶的。

但是,我不但不反对出国,而是极端赞成。出国看一看,能扩大人们的视野,大有利于自己的学习和工作。可是我坚决反对像俗话所说的那样:"牛肉包子打狗,一去不回头。"我一向主张,作为一个人,必须有点骨气。作为一个穷国的人,骨气就表现在要把自己的国家弄好,别人能富,我们为什么就不能呢?如果连点硬骨头都没有,这样的人生岂不大可哀哉!

专就中国而论,我并不悲观。中国人民的爱国主义是根深蒂固的,这都是几千年来的历史环境造成的,不是天上掉下来的。现在中国人出国的极多,即使有的已经取得外国国籍,我相信,他们仍然有一颗中国心。

1998 年 11 月 12 日

对广告的逆反心理

我没有研究过广告学。我只是朦朦胧胧地知道,商品一产生,就会有广告。常言道:"老王卖瓜,自卖自夸。"不然:"人家的卖了,自己的剩下。"这是人之常情。

到了今天,在所谓信息爆炸的时代里,广告的作用更是空前高涨。一走出家门,满世界皆广告也。在摩天大楼上,在比较低的房屋上,在路旁特别搭建的牌子上,在旮旮旯旯令人不太注意的地方,在车水马龙中的大小汽车上,在一个人蹬车送货的小平板车上,总之,说不完,道不尽,到处都是广告。广告的制作又是五花八门,五光十彩,让人看了,目不暇接,晕头转向。制作者都是老王,没有老张和老李。你若都信,必将无所适从,堕入一个大糊涂中。

回到家里,打开报纸,不管是日报、晨报、晚报;也不管是大型的一天几十版,还是小型的一天只有几版,内容百分之六七十至八九十都是广告。大的广告可以占一个整版;小的则可怜兮兮的只有几行,挤在密密麻麻的广告丛林中,活像一个瘪三。大的广告固然能起作用,小的也会起的。听说广告费是很高的,不起作用,谁肯花钱?

一打开电视,又是广告的一统天下。人们之所以要看电视,主要是想对国家大事和世界大事有所了解。至于商品或其他广告，虽然也能带来信息，但不能以此为主。可是现在的电视，除了"广告时间"以外，随时都能插入广告。有时候，在宣布了消息内容之后即将播报之前，突然切入广告，据说这个出钱最多，可是对我这样的想听消息者，却如咽喉里卡上了一块骨头。

广告之多，我举一个小例子。北京市电视台一台，每晚六点至六点半是体育新闻。我先声明一句，这不是唯一的一次，后面还有。但是，仅就这一次而论，在半小时内，前面卡头，是十分钟的广告时间，然后是真正的体育新闻。播了不久，忽然出现了"广告之后，马上回来"的字样，于是又占去几分钟。最后还要去尾，一去又是十分钟，当然都是广告。观众同志们！你们想一想：这叫什么"体育新闻"！

最令人难以承受的，还数不上广告多，而是广告重复。一个晚上重复几次，有时候还是必要的。但几分钟内就重复二三次，实在难以忍受。重复的主题，时常变换。眼前的主题是美国的×××牙膏。让几个天真无邪的中国小孩，用铜铃般清脆悦耳的声音，高声赞美×××牙膏，并打出字幕：××公司"美（国）化"你的生活。一次出现，尚能看下去，一二分钟后，立即又出现，实在超出了我的忍耐的限度。我双手捂耳，双眼紧闭，耳不听不烦，眼不见为净。嘴里数着一二三四，希望在二十以内，熬过这一场灾难。

为什么这样重复呢？从前听一位心理专家说，重复的频率越高，对记忆越有好处。等到频率达到了一定的高度，记忆就永志不忘了。

说不说由你，听不听由我。我不知道，广告学中有没有逆反心理这样一章。我也不知道，逆反心理是否每一个人都有。反正我自己是有的，而且很强烈。碰到我这样的牛皮筋，重复得越多，也就是说，广告费花得越多，效果反而越低。最后低到我发誓永远不买这种牙膏，不管它有多好。我现在不知道，广告学家，以及兜售商品的专家看了我这个怪论做何感想。

不管做什么样的广告，也不管出现的频率多少，其目的无非是美化自己的商品，唤起消费者的注意，心甘情愿地挖自己的腰包，结果是产品商人赚了钱。至于商品究竟怎样，商人心里有数，而消费者则心中无底，一切尽在不言中了。

广告真能赚钱吗？斩钉截铁地说一句：真能赚钱，甚至赚大钱。空口无凭，举例为证。前几年，山东出了一种名酒，一时誉满京华，大小宾馆，凡宴客者无不备有此酒。自称是深知内情的人说——当然是形象的说法——山东这个酒厂一天开进电视台一辆桑塔纳，开出的却是一辆奥迪。然而曾几何时，这一切都已烟消云散，现在北京知道那一种名酒的人，恐怕不太多了。

我之所以写这一篇短文，决不是想反对广告。到了今天，广告的作用越来越大，当顺其势而用之，决不能逆其势而反之。这里有两点要绝对注意：第一，对商品要尽量说实话，决不假冒伪劣。第二，广告做得不得当，会引起逆反心理。我在别的地方曾讲到要有品牌意识。一个名牌，往往是几代人惨淡经营的结果，来之不易，破坏起来却不难。我注意到，在今天包装改革的大潮中，外面的包装一改，里面的商品就可能变样变味。我认为，这是眼前的重大问题，希望商品生产者，特别是名牌的生产者，切莫掉以轻心。

2002 年 8 月 31 日

第六辑

有 所 得

人生的意义与价值

当我还是一个青年大学生的时候，报刊上曾刮起一阵讨论人生的意义与价值的微风，文章写了一些，议论也发表了一通。我看过一些文章，但自己并没有参加进去。原因是，有的文章不知所云，我看不懂。更重要的是，我认为这种讨论本身就无意义，无价值，不如实实在在地干几件事好。

时光流逝，一转眼，自己已经到了望九之年，活得远远超过了我的预算。有人认为长寿是福，我看也不尽然。人活得太久了，对人生的种种相，众生的种种相，看得透透彻彻，反而鼓舞时少，叹息时多。远不如早一点离开人世这个是非之地，落一个耳根清净。

那么，长寿就一点好处都没有吗？也不是的。这对了解人生的意义与价值，会有一些好处的。

根据我个人的观察，对世界上绝大多数人来说，人生一无意义，二无价值。他们也从来不考虑这样的哲学问题。走运时，手里攥满了钞票，白天两顿美食城，晚上一趟卡拉OK，玩一点小权术，耍一点小聪明，甚至恣睢骄横，飞扬跋扈，昏昏沉沉，浑浑噩噩，等到钻入了骨灰盒，也不明白自己为什么活过一生。

其中不走运的则穷困潦倒，终日为衣食奔波，愁眉苦脸，长吁短叹。即使日子还能过得去的，不愁衣食，能够温饱，然而也终日忙忙碌碌，被困于名缰，被缚于利锁。同样是昏昏沉沉，浑浑噩噩，不知道为什么活过一生。

对这样的芸芸众生，人生的意义与价值从何处谈起呢？

我自己也属于芸芸众生之列，也难免浑浑噩噩，并不比任何人高一丝一毫。如果想勉强找一点区别的话，那也是有的：我，当然还有一些别的人，对人生有一些想法，动过一点脑筋，而且自认这些想法是有点道理的。

我有些什么想法呢？话要说得远一点。当今世界上战火纷飞，人欲横流，"黄钟毁弃，瓦釜雷鸣"，是一个十分不安定的时代。但是，对于人类的前途，我始终是一个乐观主义者。我相信，不管还要经过多少艰难曲折，不管还要经历多少时间，人类总会越变越好的，人类大同之域决不会仅仅是一个空洞的理想。但是，想要达到这个目的，必须经过无数代人的共同努力。有如接力赛，每一代人都有自己的一段路程要跑。又如一条链子，是由许多环组成的，每一环从本身来看，只不过是微末不足道的一点东西；但是没有这一点东西，链子就组不成。在人类社会发展的长河中，我们每一代人都有自己的任务，而且是绝非可有可无的。如果说人生有意义与价值的话，其意义与价值就在这里。

但是，这个道理在人类社会中只有少数有识之士才能理解。鲁迅先生所称之"中国的脊梁"，指的就是这种人。对于那些肚子里吃满了肯德基、麦当劳、比萨饼，到头来终不过是浑浑噩噩的人来说，有如夏虫不足以与语冰，这些道理是没法谈的。他们无法理解自己对人类发展所应当承担的责任。

话说到这里，我想把上面说的意思简短扼要地归纳一下：如果人生真有意义与价值的话，其意义与价值就在于对人类发展的承上启下、承前启后的责任感。

1995 年

做人与处世

一个人活在世界上，必须处理好三个关系：第一，人与大自然的关系；第二，人与人的关系，包括家庭关系在内；第三，个人心中思想与感情矛盾与平衡的关系。这三个关系，如果能处理得好，生活就能愉快；否则，生活就有苦恼。

人本来也是属于大自然范畴的。但是，人自从变成了"万物之灵"以后，就同大自然闹起独立来，有时竟成了大自然的对立面。人类的衣食住行所有的资料都取自大自然，我们向大自然索取是不可避免的。关键是，怎样去索取？索取手段不出两途：一用和平手段，一用强制手段。我个人认为，东西文化之分野，就在这里。西方对待大自然的基本态度或指导思想是"征服自然"，用一句现成的套话来说，就是用处理敌我矛盾的方法来处理人与大自然的关系。结果呢，从表面上看上去，西方人是胜利了，大自然真的被他们征服了。自从西方产业革命以后，西方人屡创奇迹。楼上楼下，电灯电话。大至宇宙飞船，小至原子，无一不出自西方"征服者"之手。

然而，大自然的容忍是有限度的，它是能报复的，它是能惩罚的。报复或惩罚的结果，人皆见之，比如环境污染，生态失衡，臭氧层出洞，物种灭绝，人口爆炸，淡水资源匮乏，新疾病产生，如此等等，不一而足。这些弊端中哪一项不解决都能影响人类生存的前途。我并非危言耸听，现在全世界人民和政府都高呼环保，并采取措施。古人说："失之东隅，收之桑榆。"犹未为晚。

中国或者东方对待大自然的态度或哲学基础是"天人合一"。宋人张载说得最简明扼要："民，吾同胞；物，吾与也。""与"的意思是伙伴。我们把大自然看作伙伴，可惜我们的行为没能跟上。在某种程度上，也采取了"征服自然"的办法，结果也受到了大自然的报复。前不久南北的大洪水不是很能发人深省吗？

至于人与人的关系，我的想法是：对待一切善良的人，不管是家属，还是朋友，都应该有一个两字箴言：一曰真，二曰忍。真者，以真情实意相待，不允许弄虚作假。对待坏人，则另当别论。忍者，相互容忍也。日子久了，难免有点磕磕碰碰。在这时候，头脑清醒的一方应该能够容忍。如果双方都不冷静，必致因小失大，后果不堪设想。唐朝张公艺的"百忍"是历史上有名的例子。

至于个人心中思想感情的矛盾，则多半起于私心杂念。解之之方，唯有消灭私心，学习诸葛亮的"淡泊以明志，宁静以致远"，庶几近之。

1998 年 11 月 17 日

论朋友

人类是社会动物，一个人在社会中不可能没有朋友。任何人的一生都是一场搏斗。在这一场搏斗中，如果没有朋友，则形单影只，鲜有不失败者。如果有了朋友，则众志成城，鲜有不胜利者。

因此，在人类几千年的历史上，任何国家，任何社会，没有不重视交友之道的，而中国尤甚。在宗法伦理色彩极强的中国社会中，朋友被尊为五伦之一，曰"朋友有信"。我又记得什么书中说："朋友，以义合者也。""信""义"含义大概有相通之处。后世多以"义"字来要求朋友关系，比如《三国演义》"桃园三结义"之类就是。

《说文》对"朋"字的解释是："凤飞，群鸟从以万数，故以为朋党字。""凤"和"朋"大概只有轻唇音重唇音之别。对"友"的解释是"同志为友"。意思非常清楚。中国古代，肯定也有"朋友"二字连用的，比如《孟子》。《论语》"有朋自远方来，不亦说乎"却只用一个"朋"字。不知从什么时候起，"朋友"才经常连用起来。

在中国几千年的历史上，重视友谊的故事不可胜数。最著名的是管鲍之交，钟子期和伯牙的知音的故事等等，刘、关、张三结义更是有口皆碑。一直到今天，我们还讲究"哥儿们义气"，发展到最高程度，就是"为朋友两肋插刀"。只要不是结党营私，我们是非常重视交朋友的。我们认为，中国古代把朋友归入五伦是有道理的。

我们现在看一看欧洲人对友谊的看法。欧洲典籍数量虽然远远比不上中国，但是，称之为汗牛充栋也是当之无愧的。我没有能力来旁征博引，只能根据我比较熟悉的一部书来引证一些材料，这就是法国著名的《蒙田随笔》。

《蒙田随笔》上卷，第二十八章，是一篇叫作《论友谊》的随笔。其中有几句话：

> 我们喜欢交友胜过其他一切，这可能是我们本性所使然。亚里士多德说，好的立法者对友谊比对公正更关心。

寥寥几句，充分说明西方对友谊之重视。蒙田接着说：

> 自古就有四种友谊：血缘的、社交的、待客的和男女情爱的。

这使我立即想到，中西对友谊含义的理解是不相同的。根据中国的标准，"血缘的"不属于友谊，而属于亲情。"男女情爱的"也不属于友谊，而属于爱情。对此，蒙田有长篇累牍的解释，我无法一一征引。我只举他对爱情的几句话：

> 爱情一旦进入友谊阶段，也就是说，进入意愿相投的阶段，它就会衰落和消逝。爱情是以身体的快感为目的，一旦享有了，就不复存在。相反，友谊越被人向往，就越被人享有，友谊只是在获得以后才会升华、增长和发展，因为它是

精神上的，心灵会随之净化。

这一段话，很值得我们仔细推敲、品味。

1999 年 10 月 26 日

我害怕"天才"

人类的智商是不平衡的,这种认识已经属于常识的范畴,无人会否认的。不但人类如此,连动物也不例外。我在乡下观察过猪,我原以为这蠢然一物,智商都一样,无所谓高低的。然而事实上猪们的智商颇有悬殊。我喜欢养猫,经我多年的观察,猫们的智商也不平衡,而且连脾气都不一样,颇使我感到新奇。

猪们和猫们有没有天才,我说不出。专就人类而论,什么叫作"天才"呢?我曾在一本书里或一篇文章里读到过一个故事。某某数学家,在玄秘深奥的数字和数学符号的大海里游泳,如鱼得水,圆融无碍。别人看不到的问题,他能看到;别人解答不了的方程式之类的东西,他能解答。于是,众人称之为"天才"。但是,一遇到现实生活中的问题,他的智商还比不了一个小学生。比如猪肉三角三分一斤,五斤猪肉共值多少钱呢?他瞠目结舌,无言以对。

因此,我得出一个结论:"天才"即偏才。

在中国文学史或艺术史上,常常有几"绝"的说法。最多的是"三绝",指的是诗、书、画三绝。所谓"绝",就是超越常人,用一个现成的词儿,就是"天才"。可是,如果仔细分析起来,这个人在几绝中只有一项,或者是两项是真正的"绝",为常人所不能及,其他几绝都是为了凑数凑上去的。因此,所谓

"三绝"或几绝的"天才",其实也是偏才。

可惜古今中外参透这一点的人极少极少,更多的是自命"天才"的人。这样的人老中青都有。他们仿佛是从菩提树下金刚台上走下来的如来佛,开口便昭告天下:"天上天下,唯我独尊。"这种人最多是在某一方面稍有成就,便自命不凡起来,看不起所有的人,一副"天才气",催人欲呕。这种人在任何团体中都不能团结同仁,有的竟成为害群之马。从前在某个大学中有一位年轻的历史教授,自命"天才",瞧不起别人,说这个人是"狗蛋",那个人是"狗蛋"。结果是投桃报李,群众联合起来,把"狗蛋"的尊号恭呈给这个人,他自己成了"狗蛋"。

这样的人在当今社会上并不少见,他们成为社会上不安定的因素。

蒙田在一篇名叫《论自命不凡》的随笔中写道:

> 对荣誉的另一种追求,是我们对自己的长处评价过高。这是我们对自己怀有的本能的爱,这种爱使我们把自己看得和我们的实际情况完全不同。

我决不反对一个人对自己本能的爱,应该把这种爱引向正确的方向。如果把它引向自命不凡,引向自命"天才",引向傲慢,则会损己而不利人。

我害怕的就是这样的"天才"。

1999 年 7 月 25 日

三辞桂冠

辞"国学大师"

现在在某些比较正式的文件中,在我头顶上也出现"国学大师"这一灿烂辉煌的光环。这并非无中生有,其中有一段历史渊源。

约摸十几二十年前,中国的改革开放大见成效,经济飞速发展。文化建设方面也相应地活跃起来。有一次在还没有改建的大讲堂里开了一个什么会,专门向同学们谈国学,中华文化的一部分毕竟是保留在所谓"国学"中的。当时在主席台上共坐着五位教授,每个人都讲上一通。我是被排在第一位的,说了些什么话,现在已忘得干干净净。《人民日报》的一位资深记者是北大校友,"于无声处听惊雷",在报上写了一篇长文《国学,在燕园又悄然兴起》。从此以后,其中四位教授,包括我在内,就被称为"国学大师"。他们三位的国学基础都比我强得多。他们对这一顶桂冠的想法如何,我不清楚。我自己被戴上了这一顶桂冠,却是浑身起鸡皮疙瘩。这情况引起了一位学者(或者别的什么"者")的"义愤",触动了他的特异功能,在杂志上著文说,提倡国学是对抗马克思主义。这话真是石破天惊,匪夷所思,让我目瞪口呆。一直到现在，我仍然没有想通。

说到国学基础，我从小学起就读经书、古文、诗词。对一些重要的经典著作有所涉猎。但是我对哪一部古典，哪一个作家都没有下过死功夫，因为我从来没想成为一个国学家。后来专治其他的学术，浸淫其中，乐不可支。除了尚能背诵几百首诗词和几十篇古文外；除了尚能在最大的宏观上谈一些与国学有关的自谓是大而有当的问题比如天人合一外，自己的国学知识并没有增加。环顾左右，朋友中国学基础胜于自己者，大有人在。在这样的情况下，我竟独占"国学大师"的尊号，岂不折煞老身（借用京剧女角词）！我连"国学小师"都不够，遑论"大师"！

为此，我在这里昭告天下：请从我头顶上把"国学大师"的桂冠摘下来。

辞"学界（术）泰斗"

这要分两层来讲：一个是教育界，一个是人文社会科学界。

先要弄清楚什么叫"泰斗"。泰者，泰山也；斗者，北斗也。两者都被认为是至高无上的东西。

光谈教育界。我一生做教书匠，爬格子。在国外教书十年，在国内五十七年。人们常说："没有功劳，也有苦劳。"特别是在过去几十年中，天天运动，花样翻新，总的目的就是让你不得安闲，神经时时刻刻都处在万分紧张的情况中。在这样的情况下，我一直担任行政工作，想要做出什么成绩，岂不戛戛乎难矣哉！我这个"泰斗"从哪里讲起呢？

在人文社会科学的研究中，说我做出了极大的成绩，那不是事实。说我一点成绩都没有，那也不符合实际情况。这样的人，滔滔者天下皆是也。但是，现在却偏偏把我"打"成泰斗。我这个泰斗又从哪里讲起呢？

为此，我在这里昭告天下：请从我头顶上把"学界（术）泰斗"的桂冠摘下来。

辞"国宝"

在中国，一提到"国宝"，人们一定会立刻想到人见人爱憨态可掬的大熊猫。这种动物数量极少，而且只有中国有，称之为"国宝"，它是当之无愧的。

可是，大约在八九十来年前，在一次会议上，北京市的一位领导突然称我为"国宝"，我极为惊愕。到了今天，我所到之处，"国宝"之声洋洋乎盈耳矣。我实在是大惑不解。当然，"国宝"这一顶桂冠并没有为我一人所垄断，其他几位书画名家也有此称号。

我浮想联翩，想探寻一下起名的来源。是不是因为中国只有一个季羡林，所以他就成为"宝"。但是，中国的赵一钱二孙三李四等等，等等，也都只有一个，难道中国能有十三亿"国宝"吗？

这种事情，痴想无益，也完全没有必要。我来一个急刹车。

为此，我在这里昭告天下：请从我头顶上把"国宝"的桂冠摘下来。

三顶桂冠一摘，还了我一个自由自在身。身上的泡沫洗掉了，露出了真面目，皆大欢喜。

牵就与适应

牵就,也作"迁就"。"牵就"和"适应",是我们说话和行文时常用的两个词儿,含义颇有些类似之处;但是,一仔细琢磨,二者间实有差别,而且是原则性的差别。

根据词典的解释,《现代汉语词典》注"牵就"为"迁就"和"牵强附会"。注"迁就"为"将就别人",举的例是:"坚持原则,不能迁就。"注"将就"为"勉强适应不很满意的事物或环境"。举的例是"衣服稍微小一点,你将就着穿吧!"注"适应"为"适合(客观条件或需要)"。举的例子是"适应环境"。"迁就"这个词儿,古书上也有,《辞源》注为"舍此取彼,委曲求合"。

我说,二者含义有类似之处,《现代汉语词典》注"将就"一词时就使用了"适应"一词。

词典的解释,虽然头绪颇有点乱,但是,归纳起来,"牵就(迁就)"和"适应"这两个词儿的含义还是清楚的。"牵就"的宾语往往是不很令人愉快、令人满意的事情。在平常的情况下,这种事情本来是不能或者不想去做的。极而言之,有些事情甚至是违反原则的,违反做人的道德的,当然完全是不能去做的。但是,迫于自己无法掌握的形势,或者出于利己的私心,或者由于其他的什么原因,非做不行,有时候甚至昧着自己的良心,自己也会感到痛苦的。

根据我个人的语感,我觉得,"牵就"的根本含义就是这样,词典上并没有说清楚。

但是,又是根据我个人的语感,我觉得,"适应"同"牵就"是不相同的。我们每一个人都会经常使用"适应"这个词儿。不过在大多数的情况下,我们都是习而不察。我手边有一本沈从文先生的《花花朵朵坛坛罐罐》,汪曾祺先生的《代序:沈从文转业之谜》中有一段话说:"一切终得变,沈先生是竭力想适应这种'变'的。"这种"变",指的是解放。沈先生写信给人说:"对于过去种种,得决心放弃,从新起始来学习。这个新的起始,并不一定即能配合当前需要,惟必能把握住一个进步原则来肯定,来完成,来促进。"沈从文先生这个"适应",是以"进步原则"来适应新社会的。这个"适应"是困难的,但是正确的。我们很多人在解放初期都有类似的经验。

再拿来同"牵就"一比较,两个词儿的不同之处立即可见。"适应"的宾语,同"牵就"不一样,它是好的事物,进步的事物;即使开始时有点困难,也必能心悦诚服地予以克服。在我们的一生中,我们会经常不断地遇到必须"适应"的事物,"适应"成功,我们就有了"进步"。

简截说:我们须"适应",但不能"牵就"。

1998年2月4日

缘分与命运

缘分与命运本来是两个词儿，都是我们口中常说，文中常写的。但是，仔细琢磨起来，这两个词儿含义极为接近，有时达到了难解难分的程度。

缘分和命运可信不可信呢？

我认为，不能全信，又不可不信。

我绝不是为算卦相面的"张铁嘴""王半仙"之流的骗子来张目。算八字算命那一套骗人的鬼话，只要一个异常简单的事实就能揭穿。试问普天之下——番邦暂且不算，因为老外那里没有这套玩意儿——同年、同月、同日、同时生的孩子有几万，几十万，他们一生的经历难道都能够绝对一样吗？绝对的不一样，倒近于事实。

可你为什么又说，缘分和命运不可不信呢？

我也举一个异常简单的事实。只要你把你最亲密的人，你的老伴——或者"小伴"，这是我创造的一个名词儿，年轻的夫妻之谓也——同你自己相遇，一直到"有情人终成了眷属"的经过回想一下，便立即会同意我的意见。你们可能是一个生在天南，一个生在海北，中间经过了不知道多少偶然的机遇，有的机遇简直是间不容发，稍纵即逝，可终究没有错过，你们到底走到一起来了。即使是青梅竹马的关系，也同样有个"机遇"问题。这种

"机遇"是报纸上的词儿，哲学上的术语是"偶然性"，老百姓嘴里就叫作"缘分"或"命运"。这种情况，谁能否认，又谁能解释呢？没有办法，只好称之为缘分或命运。

北京西山深处有一座辽代古庙，名叫"大觉寺"。此地有崇山峻岭，茂林流泉，有三百年的玉兰树，二百年的藤萝花，是一个绝妙的地方。将近二十年前，我骑自行车去过一次。当时古寺虽已破败，但仍给我留下了深刻的印象，至今忆念难忘。去年春末，北大中文系的毕业生欧阳旭邀我们到大觉寺去剪彩。原来他下海成了颇有基础的企业家。他毕竟是书生出身，念念不忘为文化作贡献。他在大觉寺里创办了一个明慧茶院，以弘扬中国的茶文化。我大喜过望，准时到了大觉寺。此时的大觉寺已完全焕然一新，雕梁画栋，金碧辉煌，玉兰已开过而紫藤尚开，品茗观茶道表演，心旷神怡，浑然欲忘我矣。

将近一年以来，我脑海中始终有一个疑团：这个英年岐嶷的小伙子怎么会到深山里来搞这么一个茶院呢？前几天，欧阳旭又邀我们到大觉寺去吃饭。坐在汽车上，我不禁向他提出了我的问题。他莞尔一笑，轻声说："缘分！"原来在这之前他携伙伴郊游，黄昏迷路，撞到大觉寺里来。爱此地之清幽，便租了下来，加以装修，创办了明慧茶院。

此事虽小，可以见大。信缘分与不信缘分，对人的心情影响是不一样的。信者胜可以做到不骄，败可以做到不馁，决不至胜则忘乎所以，败则怨天尤人。中国古话说："尽人事而听天命。"首先必须"尽人事"，否则馅儿饼决不会自己从天上落到你嘴里来。但又必须"听天命"。人世间，波诡云谲，因果错综。只有能做到"尽人事而听天命"，一个人才能永远保持心情的平衡。

1998年3月7日

八十述怀

我从来没有想到,我能活到八十岁;如今竟然活到了八十岁,然而又一点也没有八十岁的感觉。岂非咄咄怪事!

我向无大志,包括自己活的年龄在内。我的父母都没能活过五十;因此,我自己的原定计划是活到五十。这样已经超过了父母,很不错了。不知怎么一来,宛如一场春梦,我活到了五十岁。那时正值所谓三年困难时期。我流年不利,颇挨了一阵子饿。但是,我是"曾经沧海难为水",在二次世界大战时,我正在德国,我经受了而今难以想象的饥饿的考验,以致失去了饱的感觉。我们那一点灾害,同德国比起来,真如小巫见大巫;我从而顺利地度过了那一场灾难,而且我当时的精神面貌是我一生最好的时期,一点苦也没有感觉到,于不知不觉中冲破了我原定的年龄计划,渡过了五十岁大关。

五十一过,又仿佛一场春梦似的,一下子就到了古稀之年,不容我反思,不容我踟蹰。其间跨越了一个"十年浩劫"。我当然是在劫难逃,被送进牛棚。我现在不知道应当感谢哪一路神灵:佛祖、上帝、安拉;由于一个万分偶然的机缘,我没有走上绝路,活下来了。活下来了,我不但没有感到特别高兴,反而时有悔愧之感在咬我的心。活下来了,也许还是有点好处的。我一生写作翻译的高潮,恰恰出现在这个期间。原因并不神秘:我获得了余裕和时间。在浩劫期间，我被打得一佛出世，二佛升天。后来不打不骂了，我却变成了"不可接触者"。在很长时间内，我被分配挖大粪，看门房，守电话，发信件。没有以前的会议，没有以前的发言。没有人敢来找我，很少人有勇气同我谈上几句话。一两年内，没收到一封信。我服从任何人的调遣与指挥。只敢规规矩矩，不敢乱说乱动。然而我的脑筋还在，我的思想还在，我的感情还在，我的理智还在。我不甘心成为行尸走肉，我必须干点事情。二百多万字的印度大史诗《罗摩衍那》，就是在这时候译完的。"雪夜闭门写禁文"，自谓此乐不减羲皇上人。

又仿佛是一场缥缈的春梦，一下子就活到了今天，行年八十矣，是古人称之为耄耋之年了。倒退二三十年，我这个在寿命上胸无大志的人，偶尔也想到耄耋之年的情况：手拄拐杖，白须飘胸，步履维艰，老态龙钟。自谓这种事情与自己无关，所以想得不深也不多。哪里知道，自己今天就到了这个年龄了。今天是新年元旦。从夜里零时起，自己已是不折不扣的八十老翁了。然而这老景却真如古人诗中所说的"青霭入看无"，我看不到什么老景。看一看自己的身体，平平常常，同过去一样。看一看周围的环境，平平常常，同过去一样。金色的朝阳从窗子里流了进来，平平常常，同过去一样。楼前的白杨，确实粗了一点，但看上去也是平平常常，同过去一样。时令正是冬天，叶子落尽了，但是我相信，它们正蜷缩在土里，做着春天的梦。水塘里的荷花只剩下残叶，"留得残荷听雨声"，现在雨没有了，上面只有白皑皑的残雪。我相信，荷花们也蜷缩在淤泥中，做着春天的梦。总之，我还是我，依然故我：周围的一切也依然是过去的一切……

我是不是也在做着春天的梦呢？我想，是的。我现在也处在严寒中，我也梦着春天的到来。我相信英国诗人雪莱的两句话："既然冬天已经到了，春天还会远吗？"我梦着楼前的白杨重新长出了浓密的绿叶；我梦着池塘里的荷花重新冒出了淡绿的大叶子；我梦着春天又回到了大地上。

可是我万万没有想到,"八十"这个数目字竟有这样大的威力,一种神秘的威力。"自己已经八十岁了!"我吃惊地暗自思忖。它逼迫着我向前看一看,又回头看一看。向前看,灰蒙蒙的一团,路不清楚,但也不是很长。确实没有什么好看的地方。不看也罢。

而回头看呢,则在灰蒙蒙的一团中,清晰地看到了一条路,路极长,是我一步一步地走过来的,这条路的顶端是在清平县的官庄。我看到了一片灰黄的土房,中间闪着苇塘里的水光,还有我大奶奶和母亲的面影。这条路延伸出去,我看到了泉城的大明湖。这条路又延伸出去,我看到了水木清华,接着又看到德国小城哥廷根斑斓的秋色,上面飘动着我那母亲似的女房东和祖父似的老教授的面影。路陡然又从万里之外折回到神州大地,我看到了红楼,看到了燕园的湖光塔影。令人泄气而且大煞风景的是,我竟又看到了牛棚的牢头禁子那一副牛头马面似的狞恶的面孔。再看下去,路就缩住了,一直缩到我的脚下。

在这一条十分漫长的路上,我走过阳关大道,也走过独木小桥。路旁有深山大泽,也有平坡宜人；有杏花春雨,也有塞北秋风；有山重水复,也有柳暗花明；有迷途知返,也有绝处逢生。路太长了,时间太长了,影子太多了,回忆太重了。我真正感觉到,我负担不了,也忍受不了,我想摆脱掉这一切,还我一个自由自在身。

回头看既然这样沉重,能不能向前看呢？我上面已经说到,向前看,路不是很长,没有什么好看的地方。我现在正像鲁迅的散文诗《过客》中的那一个过客。他不知道是从什么地方走来的,终于走到了老翁和小女孩的土屋前面,讨了点水喝。老翁看他已经疲惫不堪，劝他休息一下。他说："从我还能记得的时候起，我就在这么走，要走到一个地方去，这地方就在前面。我单记得走了许多路，现在来到这里了。我接着就要走向那边去……况且还有声音在前面催促我，叫唤我，使我息不下。"那边，西边是什么地方呢？老人说："前面，是坟。"小女孩说："不，不，不的。那里有许多野百合，野蔷薇，我常常去玩，去看他们的。"

我理解这个过客的心情，我自己也是一个过客。但是却从来没有什么声音催着我走，而是同世界上任何人一样，我是非走不行的，不用催促，也是非走不行的。走到什么地方去呢？走到西边的坟那里，这是一切人的归宿。我记得屠格涅夫的一首散文诗里，也讲了这个意思。我并不怕坟，只是在走了这么长的路以后，我真想停下来休息片刻。然而我不能，不管你愿意不愿意，反正是非走不行。聊以自慰的是，我同那个老翁还不一样，有的地方颇像那个小女孩，我既看到了坟，也看到野百合和野蔷薇。

我面前还有多少路呢？我说不出，也没有仔细想过。冯友兰先生说："何止于米？相期以茶。""米"是八十八岁，"茶"是一百零八岁。我没有这样的雄心壮志。我是"相期以米"。这算不算是立大志呢？我是没有大志的人，我觉得这已经算是大志了。

我从前对穷通寿夭也是颇有一些想法的。"十年浩劫"以后，我成了陶渊明的志同道合者。他的一首诗，我很欣赏：

纵浪大化中，
不喜亦不惧。
应尽便须尽，
无复独多虑。

我现在就是抱着这种精神，昂然走上前去。只要有可能，我一定做一些对别人有益的事，决不想成为行尸走肉。我知道，未来的路也不会比过去的更笔直，更平坦。但是我并不恐惧。我眼前还闪动着野百合和野蔷薇的影子。

1991 年 1 月 1 日